Rita trace sa route

ISBN : 978-2-490619-18-4

ISSN : 2727-3105

Dépôt légal : mai 2022

Remerciements à Edwige Fontaine, Xavier Monthéard et Guillaume Barou pour l'aide apportée à la réalisation de ce livre

Couverture : Elviss Railijs Bitāns

editionsvelvet.com

Flor Lurienne

Rita trace sa route

Préface de Vincent Ravalec

Collection **Souffles**

Flor Lurienne

est comédienne, réalisatrice et autrice, une artiste des mots qui joue avec leur sens, essence et contresens.

Elle grandit à Chartres et ses environs avant de s'établir dans le 18e arrondissement de Paris, où elle vit encore aujourd'hui. Flor s'échappe dès qu'elle le peut sur la presqu'île bretonne de Port-Louis, notamment pour écrire.

L'art dramatique et l'écriture sont pour Flor un même chemin : elle a joué dans une vingtaine de pièces de théâtre et tourne fréquemment pour le cinéma et la télévision. Flor a écrit et réalisé un court-métrage intitulé *Vivre avec*, où le thème du fantôme est déjà effleuré.

Vous avez sans doute déjà pris votre petit déjeuner avec Flor sans le savoir, à l'écoute de ses chroniques *Déshabillez-mots* sur France Inter. Coécrite avec Léonore Chaix, cette série radiophonique obtient le prix SCAM, puis est adaptée en deux spectacles du même nom, que les deux autrices et comédiennes jouent en tournée à l'Européen, au Studio des Champs-Élysées et au Festival d'Avignon. Flor a par ailleurs créé des fictions pour Radio Nova, France Culture et divers podcasts.

Côté livres, Flor Lurienne signe *Déshabillez-mots strip texte* avec Léonore Chaix, Flammarion, 2011, et la suite *Déshabillez-mots, Nouvelle collection*, L'avant-scène, quatre-vents, 2018, puis *Pisseuse !*, illustré par Valéry Rybakov, La Lucarne des écrivains, 2020. Passionnée de poésie, elle publie *La Sève* dans la revue littéraire belge *Le Fram* n°15.

Rita trace sa route est son premier roman.

Préface

Le livre parle d'un personnage qui s'appelle Boogie. Et de sa fille, Rita.

C'est drôle, il y a longtemps, j'ai connu quelqu'un qui s'appelait Boogie. C'était aussi un personnage de roman. J'avais même réalisé un petit film sur lui, dans une série qui s'appelait *Les Arts magiques.* La thématique était que le monde pouvait se révéler troublant, une pâte feuilletée où la frontière entre réalité et fiction était si ténue qu'il suffisait de peu pour switcher d'une ligne à l'autre.

Le Boogie que je connaissais peignait des toiles, qu'il accrochait sur la grille métallique qui borde, le week-end, les Puces de Vanves. Les toiles n'étaient pas encadrées, elles tenaient sur les piques du grillage. Il les commentait avec beaucoup de détails. Sans ces explications, il aurait été difficile de deviner que la fuite de Louis XVI et son arrestation à Varennes étaient parfaitement décrites dans l'enchevêtrement de couleurs et de formes qui composaient le tableau.

Une fois que Boogie vous prêtait ses lunettes, cela ne faisait pourtant plus aucun doute. Tout s'éclairait. C'est parce que Marie-Antoinette s'était piquée d'une brusque envie de manger une brioche et que le carrosse avait une roue voilée que tout était arrivé. À cause du corbeau rouge qui avait picoré les miettes, et avait ensuite prévenu les révolutionnaires.

En fait, Boogie ressemblait à un alchimiste déconcertant, trottinant sans relâche après la pierre philosophale. À travers ses moments de télépathie, de visions du passé qu'il avait en rêve, les opérations psychiques mises en branle dans ses toiles lui ont permis des interactions avec des dimensions dont il ne mesurait pas lui-même les enjeux, mais qui lui donnaient en tout cas cette possibilité si charmante, recherchée depuis toujours par les sorciers comme par les artistes, de transformer par la magie de notre regard la tonalité, parfois si terne, qu'on appelle le réel.

Le Boogie dont il est question dans le roman de Flor lui ressemble étrangement. Il a fait abolir la peine de mort en téléphonant à Alice – celle du pays des merveilles –, connaissait intimement le terroriste Carlos, était en délicatesse avec des narcos et semblait très ami avec Marcello Mastroianni.

Le côtoyer, comme sa fille Rita, la narratrice, est à la fois un atout et un peu compliqué.

On est obligé de se poser des questions de fond.

Est-ce parce qu'on aime raconter des histoires de fantômes qu'ils viennent un jour vous hanter ?

Ou est-ce parce qu'ils vous hantent que l'on en raconte les histoires ?

Est-ce que la vie est un roman ?

Ou est-ce que sans roman il n'y aurait pas de vie du tout ?

Vincent Ravalec

Nous sommes faits de la texture des fantômes,
ceux qui ont fait notre lignée et les autres,
les rencontres de passage, les rêves, les possibilités,
les rendez-vous manqués, les espoirs.

Anne Dufourmantelle, *En cas d'amour*

1

Dehors il pleut des piques et je sens les flèches rebondir sur mon crâne ruisselant. Nous sortons du cinéma. Mon padre est cramoisi de fureur et écrase les flaques d'eau de ses grands pas. Je redouble les miens pour me maintenir à sa hauteur. Il me demande si j'ai aimé passer sous les portes, si j'ai aimé prendre toutes ces drogues, si j'ai aimé le Chapelier fou. Je lui réponds que je ne veux plus m'appeler Rita mais Alice, que je veux moi aussi boire des potions magiques pour grandir plus vite. Pour que quelque chose d'inattendu arrive.

Le padre m'écoute à peine, il avance à grandes enjambées et s'en prend à la Reine de cœur, celle qui hurle à tout vent « Qu'on leur coupe la tête ! ». Poing vers le ciel, il promet de la tuer un jour ou l'autre, elle et tous ces salopards de dictateurs. Je cours derrière lui, je veux attraper sa main, il marche trop vite. C'est toujours comme ça avec lui, il trace sa route comme s'il voulait semer la personne qui l'accompagne.

Une inquiétude sourde me traverse. Je n'aime pas quand mon père est en colère, je ne le reconnais plus, il va m'échapper encore une fois. Il s'engouffre dans une cabine téléphonique, me laissant seule de l'autre côté de la vitre. J'y colle mon visage en murmurant des mots qu'il n'entendra pas, je promets de l'aider, je veux juste être avec lui, le calmer. Il ordonne à son interlocuteur de faire disparaître toutes les images du film où la reine hurle « Qu'on leur coupe la tête ! », sinon il fera sauter tous les cinémas, *hijo de puta !*

Quand enfin il raccroche, il m'annonce que le film sera entièrement remonté. Personne, plus jamais, n'aura la tête coupée ni à l'intérieur ni à l'extérieur, et l'ordre du monde s'en portera beaucoup mieux. Il faut absolument que je le croie. Je plaque fort ma main contre la sienne pour sceller le secret qui nous unit : les images peuvent changer le monde et, lui, il en a le pouvoir.

La pluie continue de tomber, nous avons retrouvé une cadence normale et cette fois, c'est moi qui mène le rythme de la marche. Les rues sont désertes, nous sautons dans les flaques comme dans les cases d'une marelle. Plus rien ne compte. Prendre assez d'élan pour atterrir dans la prochaine nappe d'eau.

Soudain, une voiture noire freine brutalement à ma gauche. Deux silhouettes encagoulées en surgissent, sautent sur mon père et me l'arrachent. Pas le temps de crier, tout va trop vite. La voiture redémarre en trombe, m'éclabousse de la tête aux pieds, je ne vois plus rien. Je sens juste que je n'ai plus padre au bout de ma main, je pourrais croire qu'il ne me reste qu'un moignon si je ne sentais encore mes doigts bouger. Les gouttes de pluie me font aussi mal que des aiguilles, je ne sais pas comment rentrer chez moi, j'ai cinq ans et on vient d'enlever mon père. Quelque chose d'inattendu était survenu et je savais que ce *quelque chose* allait causer de grandes turbulences sur ma trajectoire. Après tout, ne l'avais-je pas souhaité juste auparavant ? J'avais grandi en quelques minutes.

Plusieurs mois plus tard, on annonce sur toutes les radios qu'un certain Robert Badinter a réussi à mettre fin à la peine de mort. « C'est une grande nouvelle ! » me dit ma mère. Dans ma tête de six ans, tout s'éclaire et tout prend sens : le coup de téléphone, *Alice au pays des merveilles* remonté, l'enlèvement de mon père et la fin des têtes coupées. Maintenant c'est sûr, mon père a changé le cours de l'Histoire et ce n'est certainement pas grâce à l'homme dont tout le monde parle. Ils mentent.

Le même après-midi, alors que dans la rue je tiens fermement la main de ma mère, je déchiffre le nom de Badinter sur tous les journaux. Chaque fois que mon pied foule le sol, le feu se propage le long de mon corps. Je suis à mon tour cramoisie de fureur que le nom de mon père ne figure pas en première page, à côté de celui du ministre de la justice.

C'est ainsi que le 9 octobre 1981 marqua le début d'une série de crises de panique, dont seules les activités de découpage et de collage purent venir à bout. Je me mis à découper la tête de mon père sur toutes les photos de famille. À la remplacer par des têtes d'animaux. À lui coller des yeux noirs au bout des pieds, des mains en éventail sur les bois de sa tête d'élan. À m'inventer des pères à l'apparence de monstre mythologique. Je réorganisais les êtres humains à ma manière. Après tout, j'étais sa fille, je devais posséder le même pouvoir sur les images, et parvenir à le faire réapparaître.

Les années passèrent et son vrai visage s'était complètement estompé. Il était devenu l'homme à la tête de cervidé. Je me mis à fréquenter obstinément ce cinéma de quartier où ma vie avait basculé. Une salle d'art et d'essai. Puis, de film en film, quelques traits de son visage et des inflexions de sa voix me revinrent. Une gueule d'Humphrey Bogart avec une peau de métis. Une voix nasillarde de Marlon Brando avec un accent vénézuélien. De film en film, je menais mon enquête, je retrouvais des morceaux de lui. J'aimais nos retrouvailles secrètes des salles obscures.

Et puis son vrai visage m'est apparu aussi soudainement qu'un éclair. En pleine page du journal, à côté d'un autre Vénézuélien nommé Carlos. Je savais alors parfaitement lire et le mot *terroriste* clignotait de ses pleins feux. Ma mère pleura toutes les larmes de son corps et passa le reste de la journée à trier du linge, à en jeter dans des cartons. Le soir même, nous déposâmes le tout devant la Croix-Rouge. C'en était définitivement fini des affaires de mon père.

La rumeur déferla sur nos vies comme une nappe de pétrole sur une plage de sable blanc. J'ai longtemps imaginé mon père comme un goéland embourbé dans une marée noire, attendant que les tempêtes passent pour reprendre son envol.

Il le reprit, son envol, sept mille trois cents jours plus tard. Au détour d'une rue. Par hasard.

Les retrouvailles ne sont jamais ce qu'on croit. Nous restâmes longtemps sur le trottoir comme sur une terre inconnue, immobiles, chacun de son côté de la tranchée. Aucun mot, aucun geste ne vint. Nous nous étions habitués au froid et aux crevasses du cœur, résignés silencieusement à ne plus croire à ce qui avait existé, à savoir que j'avais pu être un jour sa fille et lui mon père. J'étais devenue une femme.

2

Il y a eu un avant et un après : ma vie avant mon permis de conduire et ma vie après mon permis de conduire. Au bout de la cinquième fois, je réussissais enfin à le décrocher. Et pour la première fois, mon père, Boogie, disparaissait pour de bon. J'avais accepté, pour mon premier voyage, d'emmener ses cendres au cimetière.

Les dés étaient jetés, un double six.

J'aspirais, depuis quelque temps, à considérer les épreuves comme des cadeaux à déballer sur-le-champ, craignant de les recevoir de nouveau sous une forme plus violente. J'étais bloquée dans un embouteillage d'emmerdes et de factures impayées depuis des années, m'étant prise de passion pour les jeux de hasard. Mon rapport compulsif aux chiffres et aux salles de jeux trouvait sa source dans le désordre de ma logique et dans ma servitude aux superstitions de bas étage.

Tout a commencé sournoisement avec de petits défis quotidiens : marcher uniquement sur le bord du trottoir, faire un tour sur moi-même avant la troisième boutique, retenir ma respiration sous un échafaudage, toucher le mur de droite, passer la clé dans la serrure, fermer la porte, la rouvrir, la refermer, descendre l'escalier, le remonter, le redescendre. Le jour où s'est ouvert à moi le monde merveilleux des jeux d'argent, mes tocs ont miraculeusement disparu. Tous engloutis par l'excitation du poker et des machines à sous, par l'attente sensuelle du ralentissement de la roulette. Le jeu me calmait, je respirais avec lui, je ne comptais plus que sur le hasard. Il était devenu mon maître. Au bout d'une décennie, cette passion avait fini par tout rétrécir chez moi : mon compte en banque, mes mètres carrés habitables, mes contrats de travail, mes amours. Je devais me rendre à l'évidence, j'étais *addict* au jeu autant qu'on peut l'être à l'héroïne ou à l'alcool. Arrêter nécessitait un changement de vie radical. Je devais m'éloigner de la ville, m'installer à la campagne.

À quarante ans bien sonnés, j'ai donc décidé de passer le permis. Les tocs, hélas, par je ne sais quel effet de zemblanité, ont puissamment resurgi dès les premières leçons de conduite. Les moniteurs s'exaspéraient de mes coups de klaxon compulsifs, de mes appels de phare inappropriés, de mes crises de panique clownesques. Mais au bout du cinquième examen, je décrochai enfin le droit de conduire. J'ai dû relire deux fois mon nom sur le document de la préfecture pour m'en persuader. Il faut dire que le padre, réapparu depuis peu dans ma vie, priait continuellement depuis son lit d'hôpital pour que je rate mon permis. Il craignait que je ne finisse comme son propre père : dans un fossé. Comme il était armé d'un certain pouvoir, je me méfiais de lui. Mais voilà, je venais de le désarmer. Et son cœur a lâché quelques jours après.

Je m'étais crue définitivement épargnée d'une épreuve : celle de conduire en compagnie d'un père qui, dans une voiture, était plus angoissé qu'une mouche enfermée dans un bocal. C'était sous-estimer l'humour de nos existences et particulièrement de celle de mon père, Boogie. Du moins ce qu'il restait de lui : de la poussière et des cendres. Ces mêmes cendres que je devais apporter au cimetière, à soixante bornes de chez moi. Il était donc écrit que mon véhicule du jour serait tracté par deux dragons invisibles, l'un pour cracher sur ma peur de la route, l'autre pour souffler sur des questions restées trop longtemps sans réponses. Un chapitre du code de la route avait particulièrement attiré mon attention. Il s'intitulait « Zones d'incertitude et zones de contrainte ». Ma zone d'incertitude était toujours la même : qui avait enlevé mon père ? Et si tout avait été mis en scène ? Qui n'a pas, un jour, rêvé de fuguer de sa propre vie ? Changer d'identité, de pays, de famille... J'avais des doutes. Le problème avec la mort, c'est qu'elle emporte les secrets et contraint les vivants à réécrire pas mal de séquences du film. N'empêche que je ne sais pas ce qui me fout le plus la trouille ce matin, conduire pour la première fois sans personne à mes côtés ou dire un vrai adieu au padre.

De vagues souvenirs d'Alice me reviennent. Un coup d'œil dans le miroir me suffit à réaliser que je n'ai rien pris de la candeur de mon ancienne héroïne. J'ai les cheveux noirs et ondulés, traversés par des mèches bleues encerclant un visage couleur olive et, surtout, des cernes de fêtarde qui ne fait plus la fête. Mes amis étant tous en couple et entourés d'enfants, ils avaient pris l'habitude de bruncher ensemble le dimanche, ce que je fuyais allègrement en tant que célibataire, tout en me demandant si ce n'était pas moi qu'ils fuyaient. Ma situation de femme seule passé quarante ans était devenue une menace. Sitôt que le champagne leur tournait la tête, c'était moi qui récoltais les confidences salaces, les mains caressantes. Un supplice. Une fois évaporées les vapeurs d'alcool, certains accusaient une digestion mélancolique. Il y en avait toujours un pour passer un slow vieux comme mes colonies de vacances et je me retrouvais, de mauvais gré, à tourbillonner dans son salon sur les inflexions emportées de Bonnie Tyler. Un slow en cachant un autre, je devais élaborer chaque dimanche une stratégie d'évitement du collé-serré avec le mari d'une de mes amies. J'avais donc décidé de déserter ces fêtes du matin. Je leur préférais les vastes salles de jeux où personne ne se parle, où personne ne se touche. Où les regards se fixent sur les objets, où rien n'est palpable hormis le bruissement des jetons entre les doigts et la chute des pièces de monnaie. Ce n'est pas l'argent que j'idolâtre, mais les grands espaces moquettés étouffant les bruits, l'impression de me déplacer en invisible sous les lumières tamisées. Et gagner. Quoi de plus érotique que les secondes précédant le résultat ? Je les nomme mes « suspensions orgasmiques du grand Espoir ». Ce divin instant où mon mental se tait et où chacun de mes muscles retient, en une puissante contraction, le présent du monde entier. L'aimantation du casino m'a fait déménager à deux pas de celui d'Enghien, mais je sens que l'étau se resserre sérieusement sur moi. Il me suffit de traverser la route pour accéder à mes grands espaces. Ou bien je me jette dans le lac, ou j'entre dans la salle de jeux. Dans les deux cas je me noie.

Avant de prendre la route, je passe dans mon bar de quartier. Derrière son comptoir, le vieux Saadi me surveille du haut de ses grands yeux noirs. C'est lui qui me prête un véhicule pour la funeste occasion. Je l'observe tendre l'oreille à ses clients qui s'épanchent sur l'actualité. J'aime son écoute silencieuse, son air de vieux sage du désert, les regards furtifs qu'il me lance. Saadi règne sur chaque parcelle de son bar et sort en trombe, faisant fi de ses rhumatismes, si un mégot ou une canette gît sur son bout de trottoir. À travers les sillons de son visage, je peux imaginer le jeune homme qu'il a été avant que ne se dessinent les traces de sa mélancolie.

Saadi m'a pris sous son aile depuis le jour où sa légendaire myopie lui a joué un vilain tour, alors que j'entrais dans son bar pour la première fois. De loin, je ressemblais à son premier amour, Nour, celle qui lui avait arraché un morceau de langue pendant une dispute. Des phrases entières étaient parties avec ce bout de chair, surtout les plus tendres. Le choc avait été tel qu'il s'était immobilisé quelques minutes, foudroyé par une énorme douleur au bout de la langue. Plus tard il m'avait dit, avec l'économie de mots que je lui connaissais, qu'à cet instant précis il avait surtout ressenti le poids des années tomber d'un coup sur ses épaules, qu'il s'était senti vieux. Juste vieux. Qu'il n'avait jamais revu cette femme et qu'il s'en mordait la langue de douleur chaque fois que la vie la lui rappelait. Plus ses yeux vieillissaient, plus la confusion entre elle et moi se répétait.

Depuis cette première rencontre, Saadi guette mon arrivée comme on attend un fantôme, avec autant d'effroi que de soulagement. J'accepte de prendre cette place de VIP au fond du bar, bien qu'elle ne me soit pas directement destinée. J'entre dans la peau de Nour comme si je couvrais mes épaules d'un long châle. Je m'y sens à l'abri et le vieil homme peut, de son comptoir, contempler son mirage. Chaque matin, je trouve sur ma table un verre rempli d'eau de rose « pour m'attirer les bons esprits », formule qui devient le *gimmick* de ma journée si je décide d'aller m'étourdir au casino. Il dépose ensuite un café à la gauche de l'élixir, lit dans mon œil gauche, puis dans mon œil droit. Il hoche la tête lorsqu'il devine que je viens de tout perdre et, pour faire diversion, s'assied en face de moi avec un jeu de cartes. Chacun est entré dans la vie de l'autre sans faire de bruit et, de fil en aiguille, nous avons tissé un lien particulier. Notre alphabet d'attentions est plus précieux qu'un paquet de relations.

Sauf que, ce matin, beaucoup de choses risquent de me toucher, voire de me faire tomber. J'essaie de ne pas trembler. En vain. La cuillère dans la tasse de café produit un cliquetis épouvantable. L'idée d'aller me calmer au casino me traverse l'esprit, mais je m'accroche à mon programme du jour. J'irai au casino après, quand tout sera réglé, « rangé et plié dans l'armoire », comme je l'avais entendu dans un vieux film en noir et blanc. Il paraît que les morts s'en vont en laissant un cadeau aux vivants, c'est le moment idéal pour négocier, avec Boogie, quelques numéros gagnants.

J'observe la clé de l'engin. À la fois minuscule et immense, aux contours ciselés, elle ressemble à une note de musique échappée d'un vieux cahier de solfège. Je referme mon poing sur elle, la presse fort contre ma paume comme pour y laisser son empreinte. J'écoute les dernières recommandations de Saadi pour conduire le fameux véhicule. Au moins, je n'emmènerai pas mon père à bord d'un sinistre corbillard noir, mais dans une fourgonnette de livraison orange sur laquelle trône l'enseigne « pâtisseries orientales » en majuscules italiques. La classe ultime. Tout concorde avec la vie de Boogie : autant de couches pâtissières et de parfums capiteux que d'identités troubles.

C'est l'heure. Je saisis délicatement l'urne et la fixe solidement autour du siège passager avec du Scotch professionnel. J'attache ma ceinture de sécurité, pose mes mains sur le volant et parviens à démarrer sans faire bégayer le moteur. Dans le rétroviseur, Saadi m'adresse un geste d'adieu en serrant le poing. Je m'éloigne de lui. Il devient tout petit. Ma route commence, les battements de mon cœur cognent dans ma gorge comme des cloches folles. Dans l'effort je me mords la langue. On est toujours le fantôme de quelqu'un.

Je passe la seconde, puis la troisième, prie pour ne pas croiser trop de feux rouges ni de pigeons. Mon destin était donc de prendre le volant pour la première fois à côté des cendres du padre, dont la longue absence avait tissé une toile d'araignée sur laquelle j'avais été à la fois la funambule et la proie. Il était vraiment temps que je me débarrasse de son règne silencieux.

3

Je ne sais pas pourquoi les premières fois sont toujours nimbées de lumière alors qu'elles sont, la plupart du temps, sombres et ratées. Ma première récréation à l'école n'a été que solitude, mon premier baiser a failli m'étouffer, ma première coucherie a été un fiasco, mon premier amour m'a laissé une blessure cuisante, ma première cuite m'a ôté toute dignité. Et mon premier cours de conduite m'a éreintée comme un entraînement cardio. J'en suis sortie exsangue et dégoulinante. Du jour au lendemain, je me suis découvert une profonde bienveillance à l'égard de chaque pigeon parisien, freinant dès que j'en apercevais un à moins de trois mètres. Passer mon permis dans cette ville a été la pire idée de ma vie. Je freinais comme je respire à cause de tous ces pigeons perdus et de tous ces Parisiens errants. J'ai élaboré une technique avec mes jambes : les maintenir suspendues au-dessus des pédales pour rester sur le qui-vive. La conduite s'est vite improvisée en combat de coordination physique entre la tension de mes cuisses et la fluidité de mes bras. Un mélange de boxe et de danse qui me laissait K.-O. après chaque leçon. Le moniteur m'étudiait avec gloutonnerie, voyant en moi la poule aux œufs d'or, profitant de mon blocage pour faire son numéro de drague à deux balles, ambiance autos-tamponneuses, hit-parade et barbe à papa. Jamais il ne m'a conseillé de poser mes talons au sol. Par contre, il m'a recommandé de prendre des bêtabloquants pour juguler mon stress. J'ai suivi sa prescription. Deux jours plus tard, fini les pigeons, fini les priorités, j'étais devenue une *killeuse*. J'ai commencé par décider moi-même du parcours – ras-le-bol de faire son chauffeur, de l'accompagner faire ses courses – et l'ai embarqué sur une boucle de rallye. Dès le démarrage, j'ai appuyé sur l'accélérateur sans hésiter, il s'est enfoncé dans son siège en criant des « Ohé mollo, on calme le cheval ! », tout inquiet qu'il était. Après avoir stoppé la voiture, je l'ai insulté pendant de longues minutes (il faut dire que les bêtabloquants avaient levé chez moi toute inhibition). Le bonhomme en a pris pour son grade, de quoi le faire douter de sa virilité pour trois décennies, voire plus. Les mots ont fusé de ma bouche comme du magma prêt à fondre son pare-brise. J'expulsais les vocables d'une nouvelle langue, entre un espagnol sud-américain dégradé et un français onomatopéique, un dialecte parlé sur une île inconnue au milieu de l'océan Atlantique. Le moniteur est sorti de la voiture sans broncher, pâle comme un iceberg, m'a empoignée par le col pour m'extraire de l'habitacle et m'a projetée sur le siège arrière. Ma vengeance ne faisait que commencer. J'ai vomi sur sa banquette avec l'exultation d'un dragon ressuscité.

La semaine suivante, l'auto-école l'a remplacé par son contraire, un Haïtien féru de langue française et de littérature. Il devait être vraiment doué pour les sorties de route, pas d'autre explication possible à ce que cet ex-libraire se soit retrouvé moniteur d'auto-école. Nous parlions de l'odeur des livres, j'en oubliais les pigeons. On se garait souvent pour lire à voix haute des extraits de romans. À vrai dire, nous parlions plus que nous ne conduisions, il disait que parler c'est aussi avancer, et que je finirais bien, au moment propice, par obtenir mon permis d'avancer. Et j'ai eu un petit béguin. Dans nos transports amoureux, j'ai réussi à l'emmener dans des salles de jeux pendant les heures de conduite. Il prenait le volant à l'aller pour foncer, je le prenais au retour. Tel était notre contrat. C'est ainsi que j'ai accompli des progrès fulgurants.

La veille de mon troisième examen de permis, la zemblanité s'est de nouveau abattue sur moi : ma mâchoire s'est bloquée. Je suis arrivée à l'examen flanquée de mon trismus, incapable de répondre distinctement aux questions de l'inspectrice. J'ignore quel mauvais esprit s'était glissé en moi pour me mettre à griller frénétiquement tous les feux rouges. Inutile de dire que j'ai échoué effrontément à l'examen. Mon moniteur littéraire a été viré, j'en ai été très attristée, et j'ai décidé de prendre les choses au sérieux.

À la même période, mon père était hospitalisé. Je compris la secrète correspondance entre ma difficulté à rouler et son immobile agonie. À chacune de mes visites, il se redressait péniblement de son lit, réclamait feuilles et fusains pour dessiner. J'installais l'air de rien son matériel autour de lui et, après un temps de réflexion, il se mettait à tracer des lignes invisibles dans l'air, en chantonnant un vieux tango argentin. Peindre avait rempli sa vie, tout comme les risques qui vont avec, c'est-à-dire pas un sou et une boîte de conserve à chaque repas. Sa vie d'avant demeurerait à jamais cachée dans son double veston. Entre le père que j'avais connu, celui que j'avais retrouvé et l'homme dont me parlaient les autres, j'avais de quoi penser qu'une vie était faite de multiples morts et renaissances.

Un rapide coup d'œil sur le siège passager me rassure, l'urne est toujours bien accrochée. Jusqu'ici la conduite ne se passe pas trop mal, j'ai la mandibule souple et les mains sèches. Le GPS indique la route du cimetière, d'ici une heure je serai arrivée.

Cela faisait douze jours qu'on se crêpait tous le chignon à propos de Boogie. Nos désaccords au sujet de ses obsèques avaient retardé la cérémonie. Pour encore brouiller les pistes, le padre nous avait soigneusement divisés, délivrant à chacun une version différente de ses dernières volontés : l'enterrer en France, l'incinérer, disperser ses cendres au Venezuela, sur la plage d'Ocumare de la Costa, puis, deux jours avant sa fin, une fois « les carottes bien cuites » comme il disait, il s'était mis à réciter à tout-va des passages de la Torah et à exiger des repas casher, ce qui avait bousculé l'intendance hospitalière et semé davantage le doute sur nos origines.

Durant les treize années qui ont suivi nos retrouvailles, il m'avait trop de fois embarquée dans le labyrinthe kafkaïen de ses demandes de papiers. Nous en ressortions chaque fois anéantis par la sécheresse de nos échanges avec l'administration. « Ce monsieur n'est pas né de la cuisse de Jupiter, sa mère l'a forcément déclaré quelque part ! », nous avait lancé l'un des employés de mairie sans jamais nous regarder droit dans les yeux. C'était ignorer que ladite mère avait accouché seule, au beau milieu de la forêt amazonienne, comme beaucoup d'Amérindiennes. D'un point de vue administratif,

Boogie n'avait jamais existé. Mais sa naissance n'en était pas l'unique cause : son statut de réfugié politique avait recouvert sa précédente identité.

Au bout du septième jour de discorde après sa mort, demi-frères, demi-sœurs, ex-femmes et amis avions tiré au sort son devenir, et la crémation avait remporté la décision. La société des pompes funèbres, lasse de discuter avec autant d'interlocuteurs, avait fini par se montrer conciliante et s'était résignée à inscrire ses multiples noms et prénoms. Boogie avait eu plusieurs passeports, plusieurs identités, plusieurs vies. Il fallait quatre étiquettes sur son urne. « Comme ça, quand vous en aurez marre de pleurer l'un, vous pleurerez l'autre ! » avait ironisé, radieuse, la responsable des pompes funèbres. Elle ne pouvait pas mieux dire. Sauf que je n'en pleurais aucun. J'étais habituée à son absence depuis l'enfance. De nouveau il partait en voyage, dans une voiture, un jour de pluie. Ce n'était pas plus dramatique que ça. Ainsi va la vie.

J'en étais là, à décortiquer les jours passés, les mains crispées sur le volant quand des panneaux de direction déboulent sur la route. Une décharge électrique parcourt ma colonne vertébrale, je dois me préparer à sortir du périphérique, comme l'indique le GPS, et les sorties, ce n'est pas mon truc. Au moment de m'engager dans la file de droite, rien dans mon corps ne répond à mon cerveau. Je résiste à peine à la force intérieure qui me dicte de ne pas changer de voie. Je suis bien trop faible pour aller contre cette intuition. C'est la même qui me dicte de jouer tel numéro plutôt qu'un autre. Celle qui me tient fiévreuse jusqu'à l'aube, celle qui suspend le temps, celle qui me rend sourde aux autres sirènes de la vie, celle qui fait de moi l'être obstiné et subordonné que je suis. Celle qui prend des risques, celle qui me permet de récupérer cent fois ma mise et d'exploser mon quota d'espérance. Je dépasse non sans une certaine jubilation la sortie qui mène au cimetière.

En trifouillant la radio à l'aveugle, je tombe sur l'interview d'un musicien de jazz. Ses réponses sont scandées de larges rires caribéens qui résonnent à l'intérieur de la fourgonnette. Son rire ressemble à celui de mon père. Normal, me dis-je, depuis quelques jours j'ai tendance à l'entendre et à le voir un peu partout. Mais cette fois je reconnais parfaitement ses vocalisations, cela me met de plus en plus mal à l'aise. Je pourrais même imaginer la position de sa tête, le mouvement arrondi de ses épaules. Après tout, en tant qu'espion le padre avait appris à s'infiltrer, alors passer à travers les hertz ne devait pas être si difficile, surtout dans sa nouvelle condition. Un jeu d'enfant sans doute. Son rire n'en finit pas de rebondir sur la tôle de la fourgonnette.

Il rit parce que j'ai loupé la sortie.

Il rit parce que je l'emmène ailleurs.

Il rit parce qu'il sait qu'il ne va pas disparaître tout de suite.

Cramponnée au volant, je redresse ma colonne vertébrale à la manière d'une duchesse de Proust. *Mon père est mort, mon père n'est plus qu'un paquet de poussière et de souvenirs,* me répété-je pour me convaincre de cette réalité.

J'ai un furieux besoin de secouer des dés dans le creux de ma main, de les lancer loin sur la route. Si je croise une voiture rouge dans les trois minutes qui suivent, c'est décidé, je prends mon père en otage. Je ne l'emmènerai pas là où on l'attend. Je l'enlèverai pour conjurer cet autre jour de pluie où une voiture noire me l'a dérobé.

Une voiture blanche me dépasse. Puis une rouge.

Et encore une autre rouge.

4

Plus je m'éloigne du cimetière, plus la joie crépite sous ma peau. Les pancartes indiquent des noms de bleds qui fleurent déjà bon la campagne. Je décélère. J'accélère. Une force tranquille s'installe en moi. Les platanes défilent de chaque côté de la route comme dans un long travelling de cinéma. Je suis fière de ma prise d'otage autant que si j'avais décroché un bout du ciel.

Au nombre d'appels sur mon portable, je devine l'inquiétude de ceux qui nous attendent pour la cérémonie. En dépassant largement l'horaire, j'éprouve enfin le soulagement d'être non pas en retard, mais complètement en retard, irréversiblement en retard. Quand ceux qui attendent n'ont plus d'autre choix que d'accepter la déviation possible, le changement de programme. Ce n'est pas à eux que je pense. Je pense à cette enfant de cinq ans, perdue dans Paris, réduite au silence. Elle avait grandi d'un coup, sans drogue, sans biscuit, sans clé, sans anniversaire. Je pense aux piques de pluie, au crissement des pneus, à la rue déserte et à la froide sensation de vide au bout de mes doigts. J'avais secrètement espéré que cette pluie soit une eau bénite, que le ciel m'ait spécialement choisie pour vivre, en héroïne, une journée folle qui finirait bien. Mais les jours suivants je n'avais entendu que les sanglots étouffés de ma mère et le silence envahissant des murs.

Je stoppe la fourgonnette sur le bas-côté pour vérifier qu'aucune trace de tristesse ne s'est installée sur mon visage. Visiter le passé vous ternit le teint. J'ai en horreur la tristesse, c'est comme se noyer dans une mare où même un moustique renoncerait à naître. Un point d'eau immobile et puant où flottent les esprits errants. Mon teint est trop pâle. Je sors machinalement mon blush et dessine deux cercles roses que j'étire le long des pommettes. Fardée de ses deux boucliers anti-tristesse, la Sioux peut partir en guerre. Il faut que je maintienne ces souvenirs à bonne distance, sinon je vais finir dans le fossé, comme mon grand-père paternel, Hannibal. L'homme aux yeux vairons. Sur mon bureau trône une vieille photo de lui, panama et costume blancs, un œil vert, un œil jaune, un long nez fin et une peau mate parsemée de taches de rousseur. Son regard, aussi aiguisé que la flèche d'un Indien, fixe l'objectif.

La sonnerie du portable me sort de ma torpeur avec une vulgarité à couper le souffle. Je décroche. C'est mon nouveau demi-frère, qui dissimule mal sa nervosité :

— Tu es dans les embouteillages ?

— J'arrive juste au niveau de la porte des Lilas. C'est complètement bouché, y a eu un accident sur le périph, mens-je.

— Tu vas être en retard ou très en retard ?

— Un peu... T'as qu'à faire un discours, ce serait une belle entrée en matière, ça lui aurait plu.

— Je ne me sens pas très inspiré. Tu le connaissais mieux que moi.

— Pas certaine. Attends, je vais lui demander.

— T'es conne !

J'entends son rire pour la première fois. Ce « T'es conne » me plaît, il démolit d'un coup le mur des convenances. Téo a pris beaucoup des traits de Boogie mais la ressemblance s'arrête là. C'est apparemment un homme pragmatique, pas de place pour le romanesque.

Ces derniers mois, j'avais eu la surprise de découvrir, dans la chambre d'hôpital, tous les enfants de mon père accompagnés de leurs six mères respectives. Passé la stupeur, j'avais plutôt trouvé enthousiasmant d'être propulsée au cœur d'une grande fratrie, où les chromosomes du padre ricochaient sur chaque visage. Les connexions de mon cerveau s'étaient mises à fumer lorsque j'avais essayé de calculer les dates de conception. Trois d'entre nous avions à peu près le même âge. La chambre d'hôpital était devenue la chambre des reconnaissances, le carrefour des ex-femmes ou des enfants cachés. Les infirmières, prises dans la valse des visites, nous suppliaient de laisser Boogie se reposer. Comme à son habitude et malgré son épuisement, il parlait en flot continu, révélait encore des vies qu'on ne lui connaissait pas ou rêvait tout haut des tableaux qu'il peindrait à sa sortie. Il soliloquait pour éviter nos questions. Parfois une voix s'élevait et une sœur claquait la porte. Ou une ex-femme. Ou un frère. Nous étions devenus la série préférée des patients du quatrième étage, la « dynastie Boogie » mettait le feu à tout le silence de l'hôpital. Lorsque nous prenions congé, il donnait à chaque membre de la tribu une grande tape dans le dos jusqu'au jour où l'élan est devenu plus court et l'impact plus faible. Nous parlions tous trop fort, nous le calculions moins, nous étions devenus des frères et des sœurs occupés à se découvrir, à décloisonner ce qu'il avait si savamment cloisonné. Au bout d'un certain temps, je n'avais plus cherché à me situer chronologiquement dans cette descendance. Disons que Boogie était responsable d'un boom démographique et qu'il était trop tard pour en faire un psychodrame. Le bénéfice de l'âge tient justement à ce constat que nous perdons trop de temps en règlements de comptes, jalousies et autres toxiques qui rétrécissent nos vies. Et ce n'était pas mon affaire.

— À quelle heure penses-tu arriver, Rita ? Tout le monde t'attend.

J'étudie la position de mes mains sur le volant, je n'ai aucune idée de l'heure qu'il est.

— 11 h 15, réponds-je, inspirée.

— Mais qu'est-ce que tu racontes, il est 14 heures !

— Ah. Je serai là dans une heure, sans doute... Commencez à dire des hommages.

— J'ai dû le voir dix fois dans ma vie, qu'est-ce que tu veux que je raconte ?

— Demande aux autres, c'est l'avantage d'une famille nombreuse !

— En général on fait ça en présence du corps ou des cendres.

— Ce n'est quand même pas un objet qui va tout changer ! Au pire, tu vas chercher une urne au magasin de pompes funèbres d'en face, sans rien dire aux autres, de toute manière personne n'ira vérifier. J'arriverai quand j'arriverai.

— Tu joues à quoi, chère sœur ?

Il est pugnace le Téo. À son ton, je comprends qu'il a grimpé de quelques points sur l'échelle de Richter. Ça tombe bien, j'ai vraiment envie de le secouer :

— Je n'ai pas envie de le ramener.

Je savoure le trou d'air que mes mots viennent d'installer.

— Tu rentres tout de suite au cimetière avec le père, s'indigne Téo en serrant les dents.

L'idée me traverse que même un dyslexique défoncé à 4 heures du matin ne prononcerait pas une injonction aussi tordue.

— Tu peux annoncer à tout le monde que je viens de prendre Boogie en otage. Mais je ne demande aucune rançon. On va se faire un petit voyage. Faites la cérémonie sans nous.

Le verdict est tombé. Pas mécontente de raccrocher. Dehors, une brise légère fait frémir les épis de blé, le champ ondule comme la surface de la mer. Mes autres demi-sœurs et demi-frères tentent de me rappeler une bonne dizaine de fois d'affilée, de quoi ne pas se faire oublier. Je laisse sonner, j'appuie sur l'accélérateur, pressentant allègrement que ma vie va prendre un tout autre tournant.

Je goûte la joie fugace de la désobéissance.

5

C'est d'abord sa voix que j'ai reconnue parmi le vacarme du boulevard. Il s'entretenait avec un ami sur un ton agité, son accent roulait des « rrr » aussi énormes que les rouleaux de l'océan. Ma filature a duré quelques minutes. Quand j'ai retrouvé mon souffle, j'ai tapé sur son épaule et il s'est retourné. C'était bien lui. J'ai senti la vague de plein fouet. Ne pas tanguer. Courber les ongles au bout des orteils. D'un coup sec je les ai agrippés au sol et j'ai articulé un timide « Papa » qui sonnait comme un mot étranger dans ma bouche. Il m'a balayée du regard de la tête aux pieds avant de prononcer très lentement un simple « Ah, c'est toi... Enfin ! » J'étais presque déçue. Pas de retrouvailles fusionnelles comme dans les films. Juste des phrases qui ne sortaient pas en entier. J'ai regardé ce visage qui s'était creusé, ridé. Il semblait moins grand que dans mon souvenir, son corps s'était tassé, alourdi. Il n'était plus le grand Indien, il ressemblait davantage à ces vieux chanteurs cubains que les fêtes et les galères ont bien cabossés. Il y avait peu de probabilités que je tombe sur lui au hasard d'une rue. La veille, dans ma loge de théâtre, mon partenaire m'avait demandé si j'aimerais revoir mon père. Je n'avais pas parlé de lui depuis des décennies, ma colère était passée et, sans réfléchir, j'avais répondu par l'affirmative. Difficile de ne pas croire au pouvoir des mots quand, le lendemain, ils s'incarnent, condensant en une seconde les années-lumière qui nous avaient séparés.

La vague ne m'a pas renversée. Il réapparaissait dans ma vie quand je n'avais plus besoin de lui et, à force de répéter la chimère de nos retrouvailles, j'avais épuisé l'essence de toute émotion. Impossible de le toucher, impossible de me blottir contre ce corps, une immense pudeur flottait entre nous. Je m'entendis lui dire d'une voix blanche que je jouais au théâtre, juste là, derrière cette rue.

— Je te mets une invitation au nom de Boogie ?

— Yé m'appelle Puma maintenant.

— Je comprends.

Je ne comprenais rien du tout. Depuis la rumeur de ses relations avec Carlos, je m'étais souvent demandé si j'étais la fille d'un monstre, d'un révolutionnaire ou d'un illuminé. Mon culte du secret était né le même jour. Je veillais scrupuleusement à ne jamais laisser de traces quand je quittais un endroit, à changer régulièrement de numéro de téléphone, à donner des pseudonymes pour les réservations d'hôtel, à changer mon nom pour la scène. Ma vie avait alors pris beaucoup de piquant, mais je vivais aussi dans la terreur qu'on me retrouve et qu'on s'en prenne à moi. Dans mes pires cauchemars, j'étais poignardée en pleine rue ou enterrée vivante. Je me réveillais en sueur, me dépêtrais difficilement de la glu de mon inconscient et éprouvais aussitôt le besoin de me sécher sous les lustres des salles de jeux.

Deux heures après notre rencontre, j'entrai sur scène dans une comédie où, ironie du sort, mon personnage retrouvait son père au terme d'improbables quiproquos. Mon partenaire, plus myope qu'une taupe, perdit sa lentille optique en plein milieu d'une réplique. Il finit par jouer la scène à quatre pattes, rampant le long de la diagonale du plateau et décalant habilement son texte pour se laisser du temps. Du génie. Une vague de rires se répandit dans le public. Exactement celle que j'attendais. Je savais le padre noyé quelque part dans le public. Je gardais un œil sur la scène et l'autre sur la salle. Je jouais une comédie, je vivais un drame. Ma plus belle expérience de schizophrénie. La vie circulait mieux sur scène que dans la réalité. Et puis, il y eut ces rires qui me soulevèrent. Je le cherchais dans cette petite salle parisienne et soudain je le vis, au deuxième rang, la tête serrée au milieu des autres têtes, le regard effrayé, sa pochette à dessins posée à la verticale sur les genoux faisant bouclier.

Après la représentation, il m'a attendue sur le trottoir d'en face. Lorsque je me suis approchée de lui, il a essayé de dire quelque chose, mais son regard s'est embrumé, aucun mot ne venait. Sa petite fille avait complètement disparu, il cherchait dans mon visage les restes d'une fossette, d'une mèche d'enfant, de quelque chose qui le rassure. En grandissant, ma peau s'était éclaircie, je ne devais plus vraiment me ressembler. Ni lui ressembler.

Il s'est retourné brutalement, a bondi en arrière comme un gros chat sauvage. « Tou as changé », me dit-il avec son accent chantant. Sa voix était restée la même. Forte, légèrement nasillarde. En le regardant s'éloigner, je me suis demandé si les années perdues alimentaient une quelconque citerne dans un coin du monde, si elles se transformaient en énergie renouvelable pour une seconde vie, ou bien si elles disparaissaient dans un trou noir.

Je l'ai retrouvé, et ce n'est pas si dingue que ça, ai-je pensé. Les retrouvailles ne sont jamais ce qu'on croit.

Ce soir-là, je suis rentrée à pied, détricotant les techniques de mon métier. À quoi bon répéter avec acharnement pour fabriquer une émotion, alors que les grands événements de la vie ne suscitent que de la sidération ? Le soir même, j'ai plongé dans une folle partie de poker jusqu'à l'aube, et j'ai gagné dix fois mon cachet de théâtre. « C'est ton jour de chance, on dirait ! » me nargua l'un de mes adversaires. Sauf que ce soir-là, je ne voulais pas jouer pour gagner, mais uniquement pour perdre. Le lendemain, je suis retournée au casino jusqu'à ce qu'il ne me reste plus un sou.

6

La route nationale de la Beauce n'est pas la Route 66, mais elle n'a rien à lui envier lorsque la lumière irradie les champs de tournesol et de blé après une pluie d'été. Elle a surtout ce que d'autres régions n'ont pas : un horizon à perte de vue, des clochers visibles à des kilomètres à la ronde. Pas d'entourloupes, pas de mirages avec la Beauce, au premier coup d'œil elle exhibe tout ce qu'elle a.

J'entre dans ce grand désert aux nuances de jaune et de vert, avec ses espaces découpés en quadrilatères comme le patchwork d'une grand-mère. De l'autre côté du pare-brise, les épis de blé ballottent sous le vent et quelques villages surgissent en îlots au lointain. Combien d'arbres déracinés, combien de vies courbées il avait fallu pour rendre cette terre exclusivement agricole et lui ôter toute sauvagerie ?

Nez à la fenêtre, je renifle ces odeurs herbacées et chimiques. Au loin, la cathédrale de Chartres surgit de la plaine tel un phare au milieu de l'océan. J'avais entendu parler de Chartres pour deux raisons : le bleu des vitraux de sa cathédrale et la puissance du vent. Plusieurs cas de folie s'étaient même déclarés après une bourrasque déchaînée sous le portail sud de Notre-Dame de Chartres. Un énorme appel d'air venu de la plaine pouvait faire perdre la raison à qui s'attardait en ce lieu. Ce n'est pas que j'aie un penchant pour ces phénomènes étranges, mais comme ils résistent à l'usure du temps, mieux vaut que je me cramponne au volant.

En bordure de la route nationale et comme surgie de nulle part, clignote crânement l'enseigne d'une brasserie : « Chez Corto ». L'endroit parfait – quoiqu'un peu désespérant – pour ma toute première halte. En garant ma fourgonnette sur le parking vide, le crissement des graviers semble m'avertir que quelque chose d'étrange va se produire. Lorsque le bruit cesse, le paysage devient comme à jamais immobile et d'une désolation angoissante.

L'auberge est déserte, seuls les couverts sont dressés pour d'éventuels clients. J'imagine que, dans cette cantine poussiéreuse et isolée, seuls quelques routiers du coin viennent décompresser avant de rentrer chez eux. La table la plus retirée, au fond de la salle, me semble idéale pour établir mon poste d'observation. Mon regard s'arrête sur le patron du lieu, accoudé à son comptoir. Sa veste molletonnée à carreaux lui confère une gueule de cassette VHS. Si je lui demandais des francs pour mettre de la musique dans le jukebox, je suis certaine qu'il me les donnerait sans problème. Le type est tellement hypnotisé par le Tour de France diffusé sur l'écran plat que je pourrais vider sa cave incognito. Ce n'est qu'après ma troisième requête qu'il comprend que je voudrais un sirop d'orgeat. Qu'est-ce que je viens le déranger, aussi, alors qu'il arpente courageusement des sentiers montagneux, en sueur, la langue pendante et le regard vidé ?

En attendant ma boisson, je savoure ma première étape de conductrice, la fierté au bout de mes doigts. Je les fais pianoter dans l'air pour les détendre. Je ne sais pas où cette route me mènera, mais, pour l'instant, avancer me suffit.

La porte du café s'ouvre brutalement et laisse échapper un rayon de lumière chargé de poussière tourbillonnante. Une longue silhouette masculine entre. Dans le faisceau, je distingue un panama. L'homme s'approche du comptoir, dépose au sol cartons à dessins et sacs plastique. Ce n'est pas une pâle copie, c'est bien mon père, en chair et en os. Un revenant. Je fouille dans mon sac pour trouver mes lunettes noires, je tiens à rester la spectatrice anonyme de cet instant surnaturel.

— Oun café crrrème s'you plaît.

Le patron se prend un coup de jus en entendant la voix de Boogie. Après une seconde de stupeur, les deux hommes se tombent dans les bras l'un de l'autre et se tapent fraternellement les épaules.

— Puma, mon vieux, mais qu'est-ce que tu fous là ? On ne t'a pas vu depuis un bail !

Je tique sur ce prénom que je n'avais jamais pu intégrer.

— Ah ! les femmes, les femmes, tou sais bien... Elles te font quitter la route !, répond mon père en basculant tout le poids de son corps sur un seul pied.

C'est son grand truc, quand il rit, c'est d'abord sur un pied puis sur l'autre. Les deux hommes font ensuite le tour des quelques soucis de l'existence, et notamment de la fameuse odyssée de l'argent.

— ... Y toi mi Corto, como ça va ? Justement yé voulais té demander... Tou sais la fois où y'étais venu manger avec Marcello, y la Catherine y leur pétit, y'avais fait leur portrait sur una nappe en papier...

— Comment oublier un jour pareil, Puma ? Deneuve et Mastroianni dans mon restaurant ! Ils avaient adoré le plat du jour, du coup, je l'ai appelé le « menu Mastroianni », mais sans pâtes !

Pas difficile d'imaginer la lumière que leur présence a dû laisser sur le papier peint jaunâtre de cette salle défraîchie. Je savais Marcello et mon père proches, mais je ne connaissais rien de la teneur de leur relation. S'était-elle tissée autour de leur exil commun, de leur passion des femmes ?

— Tou as bien fait, mais la nappe, tou l'as gardée dans ta vida ?

Mon père mettait toujours du « dans ta vida » en fin de phrase à la place de « toujours ». Dans l'attente de la réponse du cafetier, il glisse nerveusement des pointes du pied aux talons, plusieurs fois de suite. De mon enfance, je me souviens que Boogie évitait scrupuleusement les restaurants avec des nappes en tissu, présage de grand ennui pour lui. Il lui fallait toujours une table recouverte d'une grande nappe en papier, pour éviter nos questions. Tout le repas était occupé par les rébus, les plans d'architecte, les caricatures de nos visages qu'il y dessinait, ainsi le reste était écarté.

Boogie s'impatiente, je sens bien que le Corto n'en mène pas large.

— Je l'ai fait encadrer, et puis un jour, on m'en a proposé gros.

— Tou veux mé dire qué tou as vendou mon dessin ?

— Quand Marcello est mort, tout le village s'est souvenu que Deneuve et lui étaient venus ici ! Les clients venaient pour voir leurs signatures sur ton dessin. Un routier connaissait un type fou de Deneuve, alors, il me l'a acheté. Vu son offre je n'ai pas pu refuser.

Boogie ne le quitte pas des yeux, je peux entendre ses narines inspirer tout l'air de la salle.

— Alors tou l'as plous, tou l'as vendou ?

— Regarde ce que je me suis acheté avec ! Tout le département vient ici quand il y a des matchs !, s'enthousiasme Corto en désignant l'écran plasma d'un large geste de la main.

Boogie, dépité, baisse la tête. Corto, gêné, lui ressert un café. Il sent bien qu'il vient de donner un coup de massue à son ami. Sa voix se fait plus douce :

— ... Tu voulais le récupérer, c'est ça ? T'en as pas fait d'autres avec eux ? T'étais à la colle avec Marcello pourtant !

— Non, après on s'est dispoutés por una drouille, répond-il en secouant la tête.

Le mot *drouille* me fait sursauter. Quand Boogie minimise quelque chose, c'est qu'il faut tout de suite considérer son importance. Je ne sais pas ce qui avait pu briser l'amitié entre les deux hommes, mais je préférais écarter toute possibilité d'idylle avec la star française. Non, la femme du *Dernier Métro* devait ne jamais descendre du grand écran, et encore moins pour entrer dans la vie de mon père. Et puis, Boogie n'aurait jamais pu trahir un homme comme Mastroianni, je ne les voyais pas en frères ennemis.

Mon sirop d'orgeat a un sale goût de plastique, j'ai trop mordillé la paille en regardant le spectacle.

— Tou as l'adresse du type qui a acheté ma nappe-tableau ? Il faut absolument qué yé la récupère, le somme Boogie très froidement.

— Vaut mieux que tu oublies cette idée, Puma. Qu'est-ce qui se passe, t'as besoin de fric ?

D'un coup, Boogie empoigne le col de la chemise VHS de Corto, lui mord l'oreille et exige l'adresse du type dans la seconde ou il fait sauter son restaurant. Corto manque de s'étrangler et rédige l'adresse à la hâte. Boogie n'en a pas fini. De son sac plastique, il extrait une énorme pierre et la balance de toutes ses forces dans la baie vitrée du restaurant qui se fend en mille morceaux. J'ai envie d'applaudir, la scène en vaut la peine, mais je préfère ne pas me faire remarquer. Au moment de franchir la porte il se retourne vers moi en agitant le précieux bout de papier :

— Tou viens Rita ou tou té crois au cinéma ? Lève-toi, on va récoupérer ton héritage.

Je ramasse mon sac et trottine vite jusqu'à sa hauteur. J'essaie de ne pas croire ce que je vois, mais c'est bien Boogie qui m'accompagne à la fourgonnette, s'installe confortablement sur le siège passager où l'urne a disparu. Il se pare solennellement de sa ceinture de sécurité.

— Yé suis prêt pour notre voyage, dit-il en me tendant le bout de papier, sans un regard.

Je n'avais pas non plus imaginé recevoir un bout de papier en héritage et partir en quête d'un tel Graal, mais n'avais-je pas décidé, en quittant la route, d'aller là où on ne nous attendait pas ? J'inscris fébrilement l'adresse sur le GPS, en prenant soin de supprimer le cimetière de l'historique des itinéraires. En allumant le moteur, je ressens le regard approbateur de mon père sur moi. Nous sommes prêts pour notre périple. Maintenant il va falloir que je conduise devant lui et, pour moi, c'est bien la chose la plus surréaliste du moment. Le reste, tout compte fait, m'étonnait peu.

7

La route est déserte, ce qui déclenche chez moi une angoisse sourde. De celles qui rendent les minutes et le silence épais. Je n'avais pas de problème avec les fantômes, du moins ceux qu'on nomme ainsi. Je trouvais même qu'ils faisaient preuve d'un grand sens des responsabilités à désirer rester parmi nous, les vivants. C'est une seconde chance qui nous est donnée de nous dire tout ce qu'on a tu. Ce qui me perturbe le plus, c'est la manière dont je vais organiser mes questions. Je m'étais passé cinquante fois le film dans la tête, et je l'avais autant de fois remonté, éclairé, dialogué. Devais-je partir de la question la moins importante jusqu'à la plus importante ou aller droit à la question majeure ? Le problème, avec les questions majeures, c'est qu'elles reviennent à miser trop gros. On peut tout perdre d'un coup. Suffit d'une maladresse et c'en est fini de la réponse, elle fuit comme une anguille dans les eaux profondes. Je suis tentée par des questions qui éclairent mon passé et par d'autres qui éclairent mon futur. Pourquoi a-t-il été enlevé ? Pourquoi n'a-t-il pas cherché à me revoir ? Qu'est-ce qu'il y a après la mort ?

Soudain, l'hypothèse qu'il me réponde me fout vraiment la trouille. Je redoute d'entendre qu'il a préféré jouer un rôle politique que celui de père, ce qui validerait ce que je pensais dans ma tête d'enfant coupable : je n'avais pas été capable de le retenir, alors c'est que je n'en valais pas la peine. Et si j'obtiens la réponse au « grand mystère », je crains que ma vie ne perde tout sens. Après tout, je suis accrochée à mes superstitions, à ma quête existentielle, et je ne veux pas que tout s'écroule comme un château de cartes. Le mystère métaphysique faisait maintenant de l'ombre au mystère personnel, celui qui avait tourné maintes fois dans ma jeunesse comme un bon vieux quarante-cinq tours.

Je me raccroche à mon volant en me disant que tout est possible, y compris le vide et le silence entre nous. Le parfum de l'herbe humide et fraîchement coupée me chatouille les narines. La route se déroule tranquillement sous la bénédiction de l'été. Hier, j'ai pris le soin de préparer une playlist qui accompagnerait ma première journée de conduite. J'ai trié les chansons comme j'aurais trié ma garde-robe, celles qui tiennent chaud, celles qui collent à la peau, celles suffisamment larges pour se cacher dedans. Une sorte de coefficient des marées intérieures : haute mer pour la joie, basse mer pour la mélancolie. Je choisis Little Walter. Bon Dieu, cette musique doit être directement branchée à une prise du ciel ! *Too Late* tombe comme un signe du destin à l'envers. Il n'est peut-être pas trop tard, et Little Walter connaît le jeu des miroirs et des lectures contraires.

Je ne me débrouille pas trop mal avec la conduite. Enfin, je suis loin de prendre mes pédales pour des wah-wah mais jusque-là, je ne les mélange pas. Déjà, je ne me serais jamais crue capable de conduire et d'écouter de la musique en même temps, c'était un truc qui appartenait aux autres. Ça me met en transe de serrer ce volant, d'avaler la route en musique.

Un coup d'œil dans le rétroviseur et je découvre miraculeusement assis côte à côte sur la banquette arrière Bo Diddley, Marvin Gaye, Little Walter et Howlin' Wolf. Bo griffonne sur un petit carnet tandis que Marvin roule sa clope en scrutant le paysage. Little rythme la cadence en claquant sa cuisse de la main, Howlin balance la tête en évitant de se cogner au plafond. Depuis le temps que je les écoute, c'est vrai que nous sommes devenus familiers. Boogie peut se réjouir, il a le meilleur cortège du monde. Certainement pas assez de femmes à son goût mais bon, c'est moi qui conduis, je choisis mes invités.

La route ne se passe pas trop mal, j'appréhende légèrement les virages mais il s'en présente peu. Bo sort une maraca et fredonne les trois premières notes de *Mystery Train*. L'habitacle de la fourgonnette devient la plus belle salle de concert de tous les temps. La joie est trop forte pour que nous restions corsetés dans la fourgonnette, je me gare illico pour libérer mes génies du blues et danser. Aucun de nous ne se soucie de cette voiture qui fait une embardée en klaxonnant. Je la regarde s'éloigner, surprise que personne à bord n'ait reconnu les bluesmen. C'est alors que je réalise avec tristesse qu'ils se sont tous volatilisés.

— Qu'est-ce qué tou crois ? Qu'ils allaient rester avec nous ? Tou comptes convier toda la voûte céleste à danser sur lé goudron ou on reprend la route ?

— Ça ne t'a pas fait plaisir, cette escorte ?

— Y'ai tout lé temps dé les voir en el cielo, tou sais ! C'est toi qui les as invoqués ?

— Comment veux-tu que j'arrive à faire ça, je suis vivante, moi !

Son regard se pose sur moi avec un intérêt particulier. Je ne suis pas habituée à ce regard tendre, ce qui me rend un peu fébrile.

— C'est toi, Rita. T'imagines bien qué si ç'avait été moi, j'aurais appelé plous dé femmes ! Yé crois qué tou as lé trouc dé la magie, ça vient dé ta grand-mère, l'Indienne.

De quel *trouc* il veut parler ? J'ai bien une idée mais je m'interdis d'en être certaine. Je m'interdis d'en être certaine mais je prie secrètement pour ne pas me tromper. J'attends ça depuis si longtemps... Hériter de ce don ! Combien de prières secrètes j'avais inventées, enfant ? Combien d'heures à contempler le monde silencieusement pour trouver une clé qui ouvre la porte de l'invisible ? Ce n'était pas le moment de me glorifier de ces prémices de transmission, nous avions une nappe en papier à récupérer avant l'ultime étape au cimetière.

8

J'ai bientôt cinq ans et je serre fort la main de ma mère avant d'enjamber le long Escalator de la gare Montparnasse. On habite à Rennes, mais tous les vendredis soir, on descend sur Paris pour retrouver mon père, le temps du week-end. Au moment où je pose le pied sur la première marche du tapis roulant, c'est une autre vie qui commence. La foule grouille dans tous les sens, ça sent fort et, surtout, la musique ranime mon corps encore tout endolori par le voyage. Dès que j'entends les musiciens du métro, je lâche la main de ma mère pour me balancer du haut de mon mètre dix sur les rythmes afro-cubains. Comme tous les vendredis soir, ma mère enlèvera son masque de travailleuse de la semaine pour le troquer contre celui de l'amoureuse du week-end. À partir de ce moment-là, je sais qu'elle va m'appartenir un peu moins car, comme tous les vendredis soir, nous serons trois. J'observe ma mère. Ses cheveux blonds éparpillés retombent sur les épaules de sa veste de tailleur en tweed. Elle est belle comme une chanteuse yéyé. Sous ses grands yeux verts, son nez remue nerveusement, flairant son homme au lointain.

Je guette dans la même direction à l'horizon du tapis roulant, je veux être la première à le voir, à me jeter dans ses bras au milieu des voyageurs. Je repère sa silhouette accroupie au tournant d'un couloir, prête à me réceptionner. J'accélère. Il porte des lunettes de soleil, on dirait une star de cinéma, oui, c'est forcément lui, je le reconnais. Je cours en bousculant tous les autres sur mon passage, sans tenir compte de ma mère qui crie mon prénom. Mon père tend les bras, il a un sourire que je ne lui connais pas, mais impossible de stopper mon élan, je ne peux pas freiner, toutes les lumières sont allumées sur le tarmac, l'atterrissage est proche. La suite va très vite. Le crash. Les bras d'un inconnu se referment sur moi et m'enveloppent d'une odeur qui me dégoûte. Ce n'est pas mon père. Un bras m'arrache vivement de cette étreinte, ma mère me retire de l'étau de l'étranger : « Elle vous a pris pour son père, désolée. » L'homme acquiesce d'un sourire de cire, gêné. Je le dévisage et lui jette un sort pour le restant de ses jours. Mon mirage se pulvérise dans ses lunettes teintées, ses bras tendus vers moi. Au bout de ce tapis roulant, le vendredi soir, il y a toujours mon père. Celui qui sent le vieux parchemin, celui qui raconte des histoires qui n'en finissent pas, celui dont l'accent fait voyager. Ma mère serre anormalement ma main et la pression monte directement à mon cœur ; j'encaisse la décharge de cortisol. Plus loin, la police arrête un homme, puis un autre. Nous restons toutes les deux immobiles en haut du tapis roulant, à guetter l'arrivée de Boogie, tout en espérant qu'il n'arrive plus. La zone est devenue dangereuse. Je sais juste que la police ne doit pas demander ses papiers à mon père sous peine de disparaître d'un coup. Je me remémore l'une de ses histoires à dormir debout où, enfant, il était poursuivi par un crocodile alors qu'il naviguait sur une pirogue, et de l'incantation magique qu'il avait psalmodiée. Je réunis quelques syllabes en espagnol, il m'en manque, mais je parviens tant bien que mal à retrouver la musique de la phrase. Les minutes ont passé et, ce vendredi soir, mon père n'est jamais apparu au bout de l'Escalator. La police n'a pas eu l'occasion de l'arrêter et c'est à moi seule que j'attribue secrètement cette victoire, grâce à une langue qui n'est pas la mienne mais qui aura, pour le restant de mes jours, le pouvoir d'augmenter ma vie.

9

L'odeur d'herbe fraîchement coupée vient se mêler aux effluves de cannelle et de chocolat qui flottent déjà dans la fourgonnette. Boogie remonte la vitre.

– Y'ai connu ça aussi, Rita. On vivait dans una immense ferme près d'Ocumare, sur nos plantations del cacao.

– Tout ce que je connais de ton pays me vient des films de Scorsese, et la cocaïne occupe bien l'écran.

– C'est ton país aussi, l'Amérique du Sud. Pourquoi t'es jamais venoue ? T'as jamais eu envie ? Même pas dé mé chercher ?

– C'est toi qui me demandes ça ? Tu disparais pendant vingt ans et tu reviens dans ma vie en inversant l'histoire ? Tu voulais quoi, un avis de recherche avec ta photo ? Tu ne crois pas qu'on l'a pas assez vue, ta tête, à côté de ton terroriste d'ami ? T'as pensé à nous ? J'avais tellement honte qu'à l'école, sur la fiche de renseignements de la rentrée, j'écrivais « Père décédé ».

– C'est bien ma Rita, il faut toujours touer son père.

— C'est moi qui pose les questions, pas toi!, martelé-je en tapant sur le volant.

— Tou commences à t'énerver, Rita! Alors si tou veux nous mettre dans lé fossé comme ton grand-père Hannibal, continoue!

Je respire un bon coup pour rentrer ma colère le plus profond possible et me concentrer sur le tracé de la route. Pas vraiment d'aptitude à la méditation et aux chemins de sérénité, alors, à cet instant précis, je me focalise sur une combinaison de numéros gagnants que je récite lentement. Je me sens encombrée dans mon corps de femme, creusée par des blessures d'enfance. Boogie réajuste son panama, je remarque qu'il le penche en avant, comme pour ombrer son regard. Sa voix se fait plus basse, il murmure qu'un camion avait mortellement percuté la voiture de son père alors qu'il était en route pour les rejoindre, lui et sa mère.

— Pas tous les dossiers en même temps, Boogie. Les deux encagoulés qui t'ont enlevé, c'était commandité par ton fanatique?

— Quand yé lé fréquentais, Carlos, il n'était pas encore oun terroriste. Mais yé mé souviens plous tou sais, ils m'ont fait prendre beaucoup de drogues, après les fils dans ma tête se sont emmêlés. Mais né mé pose pas de questions sour lui, sinon yé repars de l'autre côté.

Évidemment ça me brûle les lèvres de lui demander ce qui nous attendait, tous, de l'autre côté. Boogie semble lire dans mes pensées:

— Y'ai rien droit dé té dire. Yé suis revenou pour té donner un trouc important. Si tou poses trop de questions, on va attirer lé mauvais œil.

— Ce sont justement les problèmes qui font qu'on se pose des questions.

Le problème avec Boogie, c'est qu'il a toujours été un putain d'acteur et un putain de menteur. Je remarque qu'il a retrouvé toute sa corpulence de vivant et semble à l'étroit dans la fourgonnette. Il n'a pas toute latitude pour bouger ses jambes, alors il en fait des tonnes avec son buste et ses mains. Je lui jette quelques coups d'œil tout en conduisant et en acquiers une certitude : il s'était payé le luxe de revenir avec le corps qu'il aimait car, sur la fin, il ne pesait pas plus que trente kilos de patates. Il avait dû négocier quelques arrangements avec l'au-delà.

— Mon pétit, yé vais tout té raconter mais roule moins vite.

Franchement il abuse, je ne vais pas à plus de cinquante kilomètres à l'heure, mais je m'enhardis, c'est vrai.

— De quoi as-tu peur, Boogie, puisque t'es déjà mort ? Tu ne vas pas nous la faire deux fois ta sortie !

— La verdad mon pétit, la vérité ! Voilà ce qui va nous arriver dé plous ! Mon padre Hannibal avait oun œil jaune y oun œil vert. Dos personalidades : oun œil pour lé voyou, oun œil pour lé justicier. Yé peux té dire que cet homme-là, ce n'était pas dé la drouille ! Il trimballait. C'était lé plus beau gosse des propriétaires dé la plantation dé cacao dé mon país ! El dictador Gómez y los narcos dé la région ont voulu racheter toutes les terres dé ma familia por puiser el pétrole.

Je suis à deux doigts de piler en plein milieu de la route.

— ... Tou comprends, Rita ? On n'a pas eu le choix. Ils ont acheté une partie dé la plantation pour faire passer des routes y creuser. Hannibal a été obligé d'accepter porqué la dictadura, tou né peux pas t'imaginer cé qué c'était.

Il crie si fort que je plante mes ongles dans le volant.

— Ils sé servaient de nous, les agriculteurs, por régler la dette del país en creusant partout. Y lé pétrole était juste sous nos pieds ! On marchait sur l'or noir, Rita, sur l'or noir...

Je ne m'attendais pas à faire entrer dans mon histoire le cartel de la cocaïne et la dictature vénézuélienne. Boogie renchérit et agite ses mains comme dix Méditerranéens réunis :

— Mi padre a été obligé dé tremper son œil jaune dans la marmite de ces salopards, mais cé qué yé veux té dire, c'est que son œil vert, il l'a bien gardé en face des trous ! Il n'a pas voulu leur vendre la totalité dé ses terres, il né voulait pas tout donner au diable del país. C'est pour ça qu'on l'a retrouvé avec trois balles dans la cabeza, sur la plage d'Ocumare. Tou vois mon pétit, la vérité elle n'est pas toujours belle, la verdad.

Sa voix s'était cassée sur les derniers mots. Là, je freine un bon coup, Boogie s'accroche à la portière, son regard se perd vers l'horizon. Jamais de son vivant il n'avait évoqué ce souvenir. Sous le choc de la nouvelle, mais pas peu fière d'avoir dans ma lignée une telle légende de résistance, je classe illico mon grand-père inconnu dans le panthéon des grands hommes. Mon Amérique du Sud à moi commence au-delà des champs de blé et ma fourgonnette fonce droit vers cet autre continent. Boogie reprend son récit plus calmement et évoque le chagrin dévastateur de sa grand-mère, à la nouvelle de la mort de son fils, Hannibal :

— Oun ouragan énorrrme a soufflé dans sa tête, alors elle m'a arraché des bras dé ma madre contre dé l'argent y m'a élevé comme son propre fils ressuscité. Y lé pire, dans tout ça, c'est qué y'ai grandi en pensant qu'elle était ma madre.

— Mais c'est récurrent dans ta vie les enlèvements, Boogie ! Ta grand-mère, la voiture noire, moi ! T'as pas l'impression que c'est le même disque qui tourne ?

— Tou né mé crois pas, Rita ? Pourtant c'est la vérité. Ma mère m'a vendou à ma grand-mère. La carte dé la Reine a fait disparaître la carte dé ma madre. Y'étais lé fils de su hijo, y'étais le ressuscité, tou comprends ? Yé peux té dire qu'elle sortait la carabine dès qué quelqu'un s'approchait de moi (il fait un signe avec ses doigts comme s'il tirait sur un épi de blé). Elle né voulait pas dire qué son fils avait été éliminé par les narcos, alors elle a inventé l'accident dé voiture. C'était plous normal pour les voisins.

À chaque fois que Boogie se raconte, je ne peux m'empêcher de me demander quelle partie du récit est à considérer comme la réalité.

— Et t'a appris ça maintenant que tu es… Enfin je veux dire maintenant que tu es mort ou tu le savais déjà ?

— Yé lé savais d'avant. Yé l'ai appris à dix-sept ans.

— Donc tu m'as menti : personne ne s'est planté en bagnole, dans un fossé !

— On avance comme ça dans la vida, mon pétit, avec les mensonges.

— Un mensonge qui m'a porté la guigne ! Tu sais combien de fois j'ai raté mon permis de conduire à cause de ça ? J'y ai laissé une blinde !

Boogie penche la tête en arrière et rit comme un sale gosse.

— Comme ça, tou es prudente !

Je crève d'envie de renchérir, de lui demander ce qu'il y a après, mais j'ai si peur d'être déçue que je me mords la langue pour me taire. Si on m'enlève l'espoir, je ne sais pas ce que je vais devenir. Après quelques minutes de silence, je le relance sur un autre sujet brûlant :

— Et ta mère ? Tu ne l'as plus jamais revue ?

Il ne fallait pas marcher pieds nus sur ses braises. Pourtant j'ai tenté, précisément parce que je savais que ça lui ferait mal. Il avait ouvert tellement d'abîmes en moi que j'avais envie de lui injecter ma peur du vide à doses filées.

— En espagnol, ça n'existe pas les points d'interrogation, alors né mé demande plous rien. Les questions, c'est pour les gardes à vue des dictadores ! Yé peux juste té dire qué quand y'ai appris la vérité, yé n'avais plus qu'un trouc devant les yeux : venger mon père Hannibal.

— Et tu l'as fait ?

— Seguro, qu'est-ce qué tu crois ! J'ai descendu oun des traficantes du cartel. Celui qui a toué mon père : Don Pablo.

Dans ma tête, les cartes familiales défilent à toute vitesse. Je vois la carte du Diable passer et repasser, puis celle de l'Hermite. J'imagine Boogie arpenter les plages d'Ocumare, ramassant tous les chapeaux blancs sur les têtes tranchées des militaires et des narcos. Je me décide à redémarrer car tout à coup, la nouvelle me glace, il nous faut bouger.

— ... Mais yé né savais pas qué el traficante, c'était lé bras droit del dictador Gómez et là, oun grand bordel a commencé ! Los Llaneros m'ont enlevé et y'ai été envoyé aux travaux forcés.

— Encore ! L'enlèvement, c'est une manie chez vous ? Quand tu dis Pablo, c'est Pablo Escobar ? Il n'était pas de Colombie ?

— Chaque pays d'Amérique du Sud a eu son Pablo, tou poses vraiment des questions d'Européenne ! Una partida dé la drogue dé Colombie migrait par lé Venezuela avant d'aller aux États-Unis.

— Mais tu faisais quoi dans les camps ?

— Yé né mé souviens plous. Mais y'ai réussi à m'échapper y yé suis parti por l'Europe. Y c'est là, à la Sorbonne, qué y'ai fait les deux grandes rencontres de ma vie : tou madre y el Chacal. Mais on né quitte pas todo su vida comme on enlève un manteau, mon pétit.

J'entends très mal la suite de son histoire. Mon oreille interne ne capte plus toutes les ondes sonores, j'ai un acouphène. Son débit s'accélère, j'entends le prénom Carlos dont le portrait se mélange à des images de sang, de fèves de cacao, de coups de feu et d'explosions. De cris. De larmes. À celles d'une mère très jeune à qui l'on arrache son unique enfant, et qu'on fait taire à coups de billets dans la bouche. Et des souvenirs de ma petite enfance émergent de la brume : des réunions nocturnes dans la chambre de bonne où vivait mon père, lors desquelles je faisais semblant de dormir, m'efforçant de décoder les mots que j'entendais chuchoter. Je me suspendais aux sonorités espagnoles et je les étalais dans mon esprit, comme une cuisinière les ingrédients de sa recette. Je profitais de ce demi-sommeil pour malaxer ma pâte à mots. Venait enfin le moment tant attendu où mon père rameutait ses invités, avant qu'ils ne partent, autour de mon lit placé dans un coin cuisine, puis, dans un français très appliqué adressé secrètement à ma mère, il disait fièrement : « Voici mon pétit, on l'a trouvée dans la poubelle, un jour où on avait faim ! » N'empêche que ce souvenir m'arrive en pleine face comme s'il datait d'hier, et nul besoin d'être Lacan pour comprendre quel signifiant avait été pour moi le mot « poubelle ». Ses *compañeros* s'étouffaient dans des « *Qué bonita* ! » admiratifs tandis que je ronronnais, rassurée par le soudain attendrissement de ces hôtes mystérieux qui m'avaient inquiétée jusque-là.

Boogie poursuivait, exalté :

— El Chacal, au débout, c'était pas du tout oun chacal. C'est lui qui m'a enlevé sous tes yeux, mon pétit, pour que yé travaille avec lui. Mais quand yé compris qu'il devenait oun vrai chacal, yé mé suis échappé. Tou dois faire attention, Rita, qué les services secrets né té retrouvent pas. Il a jamais accepté qué yé déserte, il pourrait sé venger sur toi, dit-il la peur injectée dans les yeux.

— Le Chacal est sous les barreaux depuis longtemps, Boogie. Et puis, qui va suivre une fourgonnette de pâtisseries orientales ? Ce sont tous de vieux papys maintenant !

— Ses enfants pourraient té rechercher. C'est toujours les enfants qui té poignardent dans le dos, tou sais bien ! Faut éviter d'en faire !

— C'est toi qui dis ça, Boogie ? T'en as fait partout des gosses, sans même les élever !, réponds-je, soufflée.

Mon père balaie l'air de sa main comme pour écarter ma remarque le plus loin possible.

— Y'ai donné la vida !

J'ai envie de le traiter de gros paquet de cendres, de le balancer violemment dans les champs. Lui qui avait résisté à une dictature pour m'imposer la sienne : sa disparition. J'essaie de me concentrer sur la route. Je réalise que je suis en nage. Je me plais à penser qu'ainsi mon corps se nettoie, que chaque cellule de ma peau se renouvelle au contact de son histoire.

Le GPS m'indique de tourner au prochain carrefour, ce qui dissipe toute ma bile noire. Nous nous retrouvons derrière un énorme tracteur équipé de deux grands bras en fourchette étirés de chaque côté, bloquant ainsi toute la largeur de la route. Je ne peux pas le doubler, la fourgonnette est trop haute, je risque d'accrocher mon capot. La solution la plus simple est de couper à travers champs. Sans plus hésiter, je double le tracteur par la droite en fonçant dans les blés. Alors que je m'apprête à me rabattre, je découvre quatre autres engins de la même espèce, en enfilade. Le piège. Boogie, pris de panique, gesticule dans tous les sens en hurlant que les enfants des *Llaneros* viennent de nous retrouver et qu'il faut prendre la fuite. Je me dis que mon père perd la boule. L'agriculteur, du haut de sa cabine, nous dévisage placidement.

- Régarrrde, il a les mêmes yeux qué los Llaneros y el Chacal ! Ce sont eux, ils nous ont retrouvés ! Fonce, sinon les carottes sont cuites !

Pour Boogie, quand les carottes sont cuites, c'est la fin des haricots. Cuites et caramélisées au fond de la casserole. Plus rien à faire. Il s'agite, son regard voltige dans tous les sens. Je l'observe une microseconde, ses pupilles sont dilatées, il me semble lui découvrir un œil vert et un œil jaune, les fantômes de son histoire sont en train de le rattraper, ici, sur la plaine beauceronne.

Cette même phrase me revient, celle que j'avais sur le bout de la langue en quittant Saadi ce matin : « On est toujours le fantôme de quelqu'un. » Alors, tant qu'à faire, ce n'est pas vraiment moi qui appuie à fond sur la pédale de vitesse, ce sont toutes les femmes de mon ascendance. Et on en a sous la semelle. Toutes mes ancêtres pèsent sous ma plante de pied et pressent comme des folles sur l'accélérateur.

Quelques secondes plus tard, nous atterrissons dans le fossé, fourgonnette retournée. Impossible de savoir depuis combien de temps je gis ainsi, face contre terre, jambes en l'air. Il me semble être séparée de ma chair, n'être plus qu'un esprit. Une coccinelle grimpe lentement le long d'une herbe qui, ployant sous le poids de l'insecte, bascule et vient caresser ce que je crois être encore ma joue. J'entre dans une nouvelle perception, celle d'un monde minuscule. J'en loucherais presque, si mon regard n'était pas aussitôt attiré par une masse de fourrure qui se faufile rapidement dans la forêt blonde. Je crois reconnaître le derrière d'un lièvre. Une senteur de terre mouillée me chatouille les narines, ce qui me laisse penser que je me réapproprie peu à peu mes sens, mon corps. Je bouge lentement tout en m'adressant à mes pieds, mes cuisses, mon buste, mes bras. Je leur parle, je les encourage.

Au loin, un bruit de moteur à l'arrêt se mêle à des voix qui, elles, se rapprochent. Mon portable vibre dans toute la fourgonnette, dont la position inversée accentue l'effet caisse de résonance. Je parviens mollement à le saisir et m'entends répondre d'une voix éthérée :

– On arrive, mais on est tombés dans le terrier. Pas d'inquiétude, Boogie n'a rien.

C'est faux. Le passager a disparu, l'urne est de nouveau parfaitement scotchée au siège. Cette fois j'ai tué mon père, c'est sûr. Je viens de tuer l'homme le plus recherché de ma vie. Une drôle de substance piquante descend dans mon larynx. Je chiale tout un pan de mon arbre généalogique la tête à l'envers, je voudrais n'être qu'un arbre, limiter mes sensations au seul souffle du vent dans mes branches et à la percée de mes racines sous la terre.

10

— Madame ? Vous pouvez bouger ? Vous venez d'avoir un accident, mais rien de grave. Levez un bras. Le gauche... Maintenant le droit. Ça va ?

Deux bras costauds m'extirpent de la voiture et me posent à la verticale. Je fais quelques pas en titubant.

— Vous tenez sur vos pattes ! Vous voulez qu'on appelle les secours ? Vous devez être sonnée, on va vous apporter de l'eau, dit le costaud.

Une femme me tend un thermos d'une main et un carré de sucre de l'autre. C'est qu'ils ont l'air sacrément organisés ces gens-là. Combien sont-ils ? Ils forment une ligne aux extrémités de laquelle l'un des leurs tient mollement le bâton d'une banderole où flotte une espèce d'oxymore : « Éoliennes anti-écolo : elles ne passeront pas sur nos terres ! » C'est une mini-manif, certes, mais je sens qu'ils sont enflammés par la colère. Je ne comprends pas le slogan. Pour moi, ces Don Quichotte métalliques sont une bonne alternative, alors de quoi parlent ces gens ? À croire que le vent de la Beauce les a tous rendus dingues.

La femme au thermos me dévisage avec une telle intensité que j'en baisse les yeux, je vois bien qu'elle cherche quelque chose en moi que je ne peux pas lui donner. Elle renifle la faute, la prise d'alcool ou de médocs, pour sûr. Une autre, grande et blonde, s'approche de moi avec hésitation. Autour de ses yeux, des rides dessinent de fines moustaches de chat qui remontent vers les tempes. La carrure charpentée, le visage rond et rose bien ventilé, c'est une terrienne celle-là.

— Vous n'êtes pas la première à perdre le contrôle de votre véhicule sur cette route, vous savez ! Même nos bêtes vont de travers ! Elles ne veulent plus rentrer à l'étable à cause du boucan des éoliennes, fustige la terrienne.

— Faut lui faire signer la pétition, encore heureux qu'elle soit vivante, la petite dame !, renchérit le costaud sans perdre le nord.

Après quelques efforts, la femme aux yeux qui fouillent parvient à ouvrir la portière de ma fourgonnette et m'apporte mon portable.

— On dirait que quelqu'un essaie de vous joindre, si c'est un de vos clients, je crois qu'il se passera de dessert !

Ce trait d'esprit me rappelle que j'ai tous les dehors d'une livreuse de pâtisseries orientales, et que le carrosse de Saadi gît dans un champ. Depuis ce matin, j'ai l'impression d'être un caillou roulé-boulé dans un torrent sans fin. À coup sûr, une force tellurique m'a fait dévier de ma route. Ces gens ont raison.

— Prenez le temps de récupérer. Ça devient difficile de tenir le volant avec leurs conneries d'éoliennes et les ondes magnétiques qui émanent des sols. Vous avez vu ? Le volant s'affole tout seul comme une boussole en pleine tempête !

– Oui ! C'est sous les sols que ça souffle maintenant, plus dans les plaines !, conclut la femme en tapant du pied comme pour ponctuer sa phrase. Et vous alliez où comme ça ?

– On va au... au..., bégaie-je.

Je m'abstiens de poursuivre, pressentant que je risque de glisser dans un monologue qui ne trouve pas son public. Mieux vaut les écouter. Tandis que je passe ma main sur mon front, la terrienne me fait asseoir.

– Tenez, de l'alcool de menthe, vous n'êtes vraiment pas dans votre assiette. Voyez, c'est à cause d'accidents comme ça qu'on a monté notre association. Cinq décibels toute la journée, ça rend dingue ! Et qu'est-ce qui fait tourner les pales quand y a pas de vent, hein ?

Je hausse les épaules en signe d'ignorance, mais j'ai du mal à réfléchir tant elle est spectaculaire à s'animer ainsi toute seule.

– ... L'électricité, pardi ! Et on veut nous faire croire que c'est écolo ? Frappez votre pied là, vous allez voir ! (C'est elle qui s'y colle, pas moi.) Vous sentez en dessous, comment ça bouge ? Ce sont les eaux souterraines ! Voilà pourquoi on ne dort plus ! Et il faudrait qu'on se taise ? Même nos vaches sont dérangées, elles sentent les vibrations sous la terre, elles refusent d'aller à la machine à traire. Elles ont la peur dans les flancs ! On retrouve nos bêtes mortes, sans raison, et il faudrait encore qu'on se taise ?

Elle ne s'arrête plus. Le rose a envahi son visage qui enfle à mesure que la sève de sa colère vient l'irriguer.

— ... Vous savez combien ils reçoivent, ceux qui acceptent ces putes d'éoliennes ? Dix briques ! Tout ça pour que nos bêtes meurent, qu'on fasse de la tachycardie et qu'on pourrisse notre paysage !

À croire que tous les maux de l'existence sont générés à la vitesse de la rotation des pales métalliques, que la production d'électricité rendue visible a réveillé chez eux une croyance au démon. L'éolienne, coupable idéale de toute une vie d'ennui, de regrets et d'espoirs inassouvis. Un totem de souffrance, un pilori surgi des profondeurs de la Terre qu'il convient d'arracher pour se convaincre d'avoir repris un peu de pouvoir sur sa propre vie. Voilà ce que je comprends.

Un autre paysan, proche de la retraite, bave ses reproches à quinze centimètres de mon visage :

— Ces champs magnétiques, y a pas pire, c'est une sorte d'aimant, vous comprenez ? On ne peut pas lutter avec la force du sol. Il y a contre-courant en dessous ! Ces voyous ont accepté de se faire implanter deux nouveaux parcs d'éoliennes, ils n'en ont rien à foutre que la pollution électrique pourrisse notre vie ! Mais on va les avoir, j'ai pas remué mes champs toute ma vie pour me retrouver crucifié par ces moulins électriques ! On voit même plus un clocher au loin. Vous trouvez ça normal ?

La ligne dessine maintenant un cercle qui se referme progressivement sur moi. D'ici peu, je serai asphyxiée par cette petite secte. Le vieux scande aussi sa colère en frappant le sol de son pied. Accompagné d'un harmonica, il aurait pleuré un blues à vous égratigner les tripes.

Je remarque qu'ils sont tous affublés, sous les yeux, de mêmes cernes bleutés et boursouflés. Tous des insomniaques ou des hépatiques. Il faut vraiment que je me sorte de ce pétrin.

Un homme d'une quarantaine d'années, resté jusque-là silencieux, me tend la pétition et un stylo :

— Il est encore temps de nous aider. Y a pas de hasard, ma petite, que du destin ! Vous allez nous aider à faire que notre Beauce ne devienne pas un grand cimetière d'éoliennes d'ici vingt ans. C'est ce qui s'est passé en Californie. Elles sont plus bonnes à rien maintenant, ils l'ont dans le cul ! Alors signez là.

Lui, c'est sans aucun doute le plus dangereux. Le bleu acier de ses yeux surmontés d'énormes sourcils me fait l'effet d'une douche glacée. Il n'est pas homme à s'attendrir. Je suspends ma réponse, le temps d'évaluer à quel genre d'individu j'ai affaire. En Amazonie, j'aurais certainement rencontré un jaguar, un caïman noir, un fer de lance. On m'aurait chassée, barré la route, interdit de pénétrer. Mais ceux-là défendaient leurs sentiments. Un rapide coup d'œil sur mon véhicule retourné me permet de trouver la meilleure issue tactique :

— Je signe à condition que vous me sortiez la fourgonnette du fossé. Si vous parvenez à m'aider, avec vos engins, alors on sera quittes. J'allais justement livrer des pâtisseries à quelqu'un de très, très important. Quelqu'un qui peut vous aider à être entendus, quelqu'un qui pourra soutenir votre mouvement d'une manière radicale. Quelqu'un, quoi !

Je mens, je les embobine. En une demi-seconde, je deviens la plus VIP de tous les accidentés de la Beauce, je savoure mon canular sans savoir où il me mènera. Je fais durer le respect. Je les laisse suspendus à mes lèvres quelques secondes avant de prononcer lentement le nom d'Escobar en roulant bien le « r » comme le fait Boogie, et en prenant l'accent le plus dramatique possible. Ça fait son effet. Un silence long comme trois tours d'horloge s'installe. La femme au visage rose interroge du regard l'homme aux yeux d'acier, qui accompagne sa déclaration d'un geste solennel de la main :

— Hou la la, ça rigole pas les amis... J'ai entendu parler de ce type et je peux vous dire que c'est pas un rigolo. Il va toutes les faire sauter.

Le verdict est tombé de la bouche du chef. J'aurais parié qu'aucun Escobar n'était sur l'annuaire d'Eure-et-Loir, mais les oreilles ont une mémoire intemporelle et ce nom s'était répandu dans toute la culture populaire depuis des décennies. Les moulins de la fiction tournent au vent de la réalité, le plus grand des narcotrafiquants était en train de me sauver la vie.

Un quart d'heure plus tard, je me retrouve au volant de ma fourgonnette tractée par un engin agricole qui roule en terrain conquis, à toute vitesse. La pétition signée, ils avaient décidé qu'un seul d'entre eux me conduirait à destination pour crédibiliser la force de leur mouvement. Ils avaient choisi l'homme aux yeux d'acier, Jean. Mon drôle d'apôtre.

Ce voyage me dépasse. Je suis embarquée dans une histoire tissée de mensonges, je dois maintenant présenter Jean à un faux Escobar censé faire sauter les éoliennes et me restituer ma nappe-héritage.

Boogie, en parfait Bateleur d'un jeu de cartes invisible, s'était bien arrangé pour que je cesse de conduire, me laissant seule et désœuvrée à côté de ses cendres. Pour l'heure, son esprit devait galoper dans les plaines, je ne m'en inquiétais plus. Je venais de vivre mon premier accident de la route et mon copilote avait pris la fuite sans demander à être rassuré sur mon état. C'était la première fois que je m'autorisais à le détester, comme si j'ôtais enfin un couvercle au-dessus du monde dans lequel je vivais et que l'air s'en trouvait soudainement purifié.

11

Les pieds nus posés en éventail sur le volant de la fourgonnette, je me laisse tracter par Jean. Nous venons de passer une quinzaine d'éoliennes qui, éminentes parmi les tournesols, tournent nonchalamment sur elles-mêmes. Je me laisse bercer par leurs bras géants. Du haut de sa cabine, Jean m'adresse de grands signes accusateurs envers les démons et cherche mon approbation de regards éperdus dans le rétroviseur. J'opine du chef, je suis lâche. Tout ce que je veux c'est que mon carrosse cabossé soit retapé chez le garagiste, tout ce que je veux c'est qu'il me transporte jusque-là, tout ce que je veux c'est savoir qui a été Boogie-Puma. Retrouver la part de lumière, chasser l'ombre du père. Comme si ma vie avait été satellisée autour de la planète Père pour mieux interroger l'origine.

Mon passager désormais absent, j'en profite pour m'étirer largement. Je me déplace dans l'espace sans toucher au volant, la fourgonnette glisse. Que c'est bon de se laisser porter, de ne plus rien décider. Je n'ai pas éprouvé ce flottement depuis la nuit des temps. Un lac immobile s'étend à l'intérieur de moi. Je sais que cette grâce ne va pas durer, alors je respire le plus lentement possible pour retenir la fuite de la vie. Je plonge ma main dans un sac de pâtisseries orientales et j'y pioche un baklava au miel et à la fleur d'oranger que je laisse fondre sous mon palais. Je mets un soin particulier à ne pas le croquer, j'attends que la réaction chimique de la pâte et de la salive produise des bulles d'air sous ma langue. Toujours aux petits soins, mon Saadi avait tout prévu.

Devant moi, Jean pilote son tracteur comme une voiture de course. Dans son sillage, les blés ondoyants forment une mer nacrée et l'air charrie à mon oreille tout ce que les éoliennes n'ont pas brassé : la rage et les espoirs des agriculteurs. Je suis à la fois l'épi, l'épervier, la feuille de châtaignier, le stratus gris qui avance avec nous, je suis partout en dehors de moi et ce n'est pas normal du tout. Je n'ai pas connu un semblable état de plénitude de toute ma vie. Il fallait donc que mon père meure pour obtenir ce permis de vivre. C'est bizarrement foutu, une vie. Être là sans vraiment exister, participer à la marche du monde sans ne plus rien désirer, se contenter de laisser les couleurs et les arômes couler dans mes veines.

Un appel vidéo WhatsApp perce le silence, c'est le moment de me confronter à mon frangin. Sur la petite fenêtre de mon écran, je le découvre dans un état de nervosité XXL, mâchouillant son chewing-gum comme pour écraser sa colère contre ses dents.

— Rita, vu l'état des choses il va falloir qu'on prenne une décision. Soit tu débarques maintenant, soit on trouve un plan B.

J'enchaîne sur son même code de diction, façon journaliste du 20 heures, me gardant bien d'y coller la moindre émotion :

— J'opte pour le plan B.

— Et tu proposes quoi ?

— Dans l'immédiat, pas grand-chose, la paroi de mon véhicule est cassée et je suis tractée par l'apôtre Jean jusqu'au prochain village, où se trouve un garagiste.

— T'as fumé, Rita ? Tu piques les cendres du padre pour faire un tour et tu te retrouves dans le cul du monde ? Tu sais comment ça s'appelle, ça ? Un enlèvement. La prise d'otage d'une pauvre nana qui a l'âge mental d'une môme de cinq ans et qui veut son père pour elle toute seule. Tu crois que je vais cautionner ce genre d'absurdité parce que t'as le même sang que moi ? Soit j'appelle les flics, soit tu rappliques immédiatement.

À son claquement de langue, je devine que son chewing-gum s'est coincé dans le creux d'un plombage. Je dois immédiatement trouver une solution d'apaisement.

— Et si on faisait la cérémonie par WhatsApp ?

— Quoi ? C'est une blague ?, crie-t-il en zozotant, toujours embarrassé par son chewing-gum.

— Non. On sera là au mieux demain, entre les réparations et une personne qu'on doit voir avant que Boogie n'arrive à la case finale…

— On ? Tu parles de qui ? T'es avec qui ?

— Je suis avec lui. Mais pas comme tu crois. Il est revenu ! On a juste un truc à récupérer et on arrive.

— Un truc ?

— Oui un *trrrouc,* insisté-je en prenant l'accent de Boogie.

— Rita, dis-nous la vérité, tu as pris une drogue ?

— Pas vraiment. J'ai mangé un gâteau.

— Y avait quoi dans ton gâteau ? Je dis quoi aux autres ? Que t'as mangé un *Space Cake ?*

— Passe-les moi, enfin je veux dire, montre-les-moi.

Téo tourne son portable en direction du groupe et quelques têtes s'agglutinent autour de l'écran. Je reconnais quatre ex-femmes de mon père, son meilleur ami, et la chevelure de ma mère, tout au fond. Je sais pertinemment qu'elle refuse de prendre part à l'agitation, elle me connaît suffisamment pour comprendre mon manège. Je lui ai déjà fait le coup, pendant des vacances au camping. J'avais trouvé judicieux de rester cachée des heures entières dans un bac à poubelles vide pour observer la panique maternelle par le couvercle entrouvert. Le moment venu, sentant que la limite du jeu avait été franchie, j'ai surgi comme le diable de sa boîte, fière de mon coup. Je voulais une preuve d'amour, j'en ai reçu une, là, bien claquante sur la joue. J'en ai encore honte aujourd'hui. Je rassemble mes forces pour affronter les têtes du petit écran.

— Merci à tous d'être venus, je suis désolée, c'est la première fois que je conduis et... disons que je ne maîtrise pas tout. Rassurez-vous, Boogie — enfin, ce qu'il en reste — est à mes côtés. Je sais qu'on avait prévu de déposer ensemble ses cendres dans le casier, mais, là, vraiment, je vais avoir du retard... Enfin, pire que du retard, je ne vais pas arriver avant demain. Alors si vous tenez à vous recueillir, à démarrer la cérémonie, allez-y sans nous, l'essentiel étant que vous soyez tous réunis, ici, pour lui.

Voilà, c'était dit. Aussitôt les têtes pivotent, le murmure devient un brouhaha :

— Il n'a jamais été là ! Même le jour de son enterrement, il est en retard !

— Il nous pose un lapin ! C'est tout à son image, ça !

— Bon, on n'va pas s'éterniser, alors on s'y colle ?

Ma mère surgit dans l'image et élève le débat de sa belle voix :

— On lit quoi comme texte ? L'Ancien Testament ou la Torah ? Parce qu'*Elle* dit qu'il préférait la Torah...

Ma mère roule des yeux en direction d'*Elle*. Si les femmes de Boogie se respectent, elles évitent soigneusement de se désigner par leur prénom. Elles s'appellent *Elle* entre elles. Ainsi, chacune garde son rang de première dame.

— Oui, il s'est passionné pour la Torah dans les derniers jours de sa vie, il serait approprié d'en lire un passage, confirme *Elle*.

— Je propose plutôt de lire un poème de Neruda, l'interrompt ma mère en m'adressant un sourire complice.

Je trouve l'idée magnifique et le lui signifie d'un signe du pouce.

— ... Boogie ne jurait que par lui, et même, certaines nuits, il me réveillait pour me lire à voix haute certains passages, précise-t-elle aux autres *Elles*.

— Moi, je peux vous dire que quand il me réveillait, ce n'était pas pour Neruda !, renchérit jalousement une tierce *Elle,* celle aux cheveux rouges.

— Moi, je vote pour une cérémonie à l'amérindienne, avec tambours et maracas sur YouTube, propose celle aux cheveux blancs.

— Si je peux me permettre, c'est une très mauvaise idée. Trop folklo, pas du tout son genre, rétorqué-je crânement.

Aucune ne sait à quel Dieu confier le défunt. Nous mettons en balance la religion, la blessure d'amour, l'orgueil de l'avoir le mieux connu. La mort déclenche un insatiable sentiment de propriété, chacune jette ses propres souvenirs à la figure de l'autre, cherchant à coloniser son paysage mental. Mon demi-frère propose qu'on se rappelle dans dix minutes, que ça commence à s'écharper sévère derrière lui. Je lui réclame encore quelques secondes de vidéo, pour le plaisir d'observer cette petite foule en coupant le son. Je cherche le geste qui trahit, le regard qui vacille, la bouche qui se tord, la marque de celle qui souffre le plus, de celle qui l'a le plus chéri, de celle qui a mis au monde l'enfant de l'amour. Je les scrute intensément, chacune collée à sa progéniture. Elles sont sept en comptant ma mère. Un enfant unique pour chacune. Nous étions des étrangers les uns pour les autres et, pourtant, la magie a opéré à la cafétéria de l'hôpital. Chacun de nous s'y était offert au bas mot une vingtaine de magazines, quatre kilos de chocolat et huit litres de café sans jamais trop touiller le passé. De toute manière, nous savions tous qu'on jouissait sans entrave dans les années 1970, et que nous étions les fruits de la libération sexuelle. La maladie du padre avait miraculeusement réuni autour de lui sa descendance, il fallait bien trouver un côté positif.

Téo coupe brutalement la communication, me laissant dubitative quant à ma place dans la lignée et au sens de mon étrange odyssée. Je reculais dans le passé tandis que, tractée par un monstre agricole, j'avançais vers l'avenir : un garagiste. Une réparation après l'autre.

12

Il ressemblait à un évadé. Un Indien dans le quadrillage de la ville, arpentant les quartiers parisiens à grandes enjambées, un carton à dessins sous un bras et un sac en plastique pendu à l'autre. Quand il croisait des policiers, il retenait son souffle, regardait loin au-dessus de leurs têtes pour devenir un aigle s'évaporant dans des montagnes imaginaires. Et ça marchait. Personne n'irait arrêter un aigle en plein vol.

Enfant, je l'observais toujours de dos. Je faisais partie de ces gosses qui se sentent accueillis par un sourire, et il n'en dégainait aucun. Alors je préférais me tenir derrière lui. J'avais toujours eu la trouille de son visage grave et sévère, mais un seul rire tonitruant suffisait à me rassurer. Je guettais constamment ce rire. J'avais remarqué qu'il avait un impact positif sur tout son entourage. De mon terrier, j'apprivoisais l'animal de dos, j'inventais des formules incantatoires pour qu'il se retourne vers moi juste avant de partir. Réceptif, il marmonnait à son tour quelques onomatopées dans un espagnol primitif, j'avais droit à un coup de patte dans mes cheveux avant qu'il ne reprenne sa marche d'évadé. J'étais fière de notre dialogue de bêtes, je me sentais dotée d'un mystérieux pouvoir qui provenait de ma souche inconnue : le Venezuela. Je le regardais s'éloigner. Il arpentait le sol sans faire de bruit, mi-homme, mi-félin, et, répondant à sa nature, partait chasser dans l'Amazonie parisienne. Il fallait rapporter à manger au repaire.

L'enfance rebâtit tout à sa guise. Adulte, j'avais découvert un tout autre Boogie.

Plus tassé, moins menaçant, plus humain. Il travaillait comme rabatteur aux Puces de Vanves et, bien souvent, il dénichait des merveilles que les brocanteurs lui rachetaient pour deux sous, profitant de sa clandestinité. Boogie s'en accommodait bien, la peur d'être arrêté avait dicté chez lui tout un alignement de compromis.

Il était pourvu d'une endurance et d'une immunité qu'il devait à la méthode infaillible de ses ancêtres : garder les bras nus été comme hiver pour ne jamais laisser entrer le froid. Ce même froid qui passait sous la porte de sa chambre de bonne où il dormait à même le sol, entre une vieille barque en bois, une paire de skis de fond des années 1950, des *drouilles* à vendre aux Puces, des livres anciens et des boîtes de conserve. Les souvenirs de Boogie se nichaient non seulement dans sa tête, mais aussi dans ces objets pour la plupart cassés ou moisis qui s'entassaient dans ses sept mètres carrés. Autant dire un sacré bordel. Il peignait sur des feuilles de parchemin mou qui pendaient de la mezzanine comme des toiles d'araignée. Et, une fois qu'on était pris dans son arantèle, impossible d'échapper à sa logorrhée. Courbée sous la mezzanine je l'écoutais péniblement, sentant venir le torticolis ou le mal de mer à force d'odyssées picturales hantées d'esprits, de bombes dévastatrices, de Marie-Antoinette et d'orgies. Dans ses tableaux, des explosifs étaient dissimulés à l'intérieur de fossiles marins, eux-mêmes planqués au fond de la Seine, tout près de la pierre philosophale... Boogie habitait davantage ses tableaux que sa propre vie, sauf quand il se sentait en danger. Dans ces cas-là, il sortait l'artillerie.

Son voisin, un ancien soldat iranien qui continuait la guerre derrière sa porte, le menaçait continuellement, armé d'une barre de fer qu'il braquait sur lui telle une mitraillette. Boogie s'était adapté au syndrome traumatique du type, et c'est flanqué d'un casque de moto qu'il se rendait aux toilettes, au bout du palier. L'Iranien pouvait bien lui taper sur le crâne, « on ne lui enlèverait pas ses souvenirs », plaisantait-il. La paranoïa de Boogie se développait cependant comme du lierre sur un vieux muret, et il prit l'habitude de garder son casque de jour comme de nuit. Une fois, l'ancien soldat a même appelé les flics, qui sont venus tambouriner à la porte de mon père en pleine nuit. Boogie leur a ouvert casqué. Il a été interné d'office en psychiatrie à Sainte-Anne. Selon le médecin, il avait dépassé le seuil d'usure psychique d'un immigré clandestin : « Vous devez comprendre qu'une personne sans papiers passe sa vie à se cacher, à se sentir traquée. Votre père a besoin de repos. »

Au fil des jours, sa chambre d'hôpital s'était transformée en résidence d'artiste, il n'avait jamais été aussi prolifique qu'enfermé. Nourri, logé et protégé. Jusqu'au jour où les antipsychotiques ont commencé à le réduire à une troublante tranquillité.

J'ai organisé sa fugue en apportant un Caddie pour y mettre ses toiles, et un panama pour qu'il se déplace incognito. Boogie a disposé un boudin de vêtements sous le drap de son lit pour simuler sa présence, enfilé son chapeau, et nous avons traversé le jardin de l'hôpital en gloussant comme deux enfants.

La mue était faite, il avait laissé là son ancienne peau, la vie reprenait. C'était si facile de s'évader de la folie.

13

— Je viens de réparer la paroi, c'était pas bien méchant. Je vérifie un petit détail et on sera bon.

Depuis trente minutes, le garagiste est allongé sous la fourgonnette et ponctue son effort de soufflements bruyants.

— ... Vous connaissez Jean et toute la clique ?

J'hésite à me confier, je trouve le mot parfait pour éluder :

— Vaguement.

Je l'entends se racler la gorge, je crains une autre question. Je m'éloigne pour visiter son atelier. Les murs sont tachetés de posters parcheminés de Billy Idol, le punk peroxydé à la coupe explosive façon ange noir, lèvres retroussées dans la grimace la plus désinvolte des années 1980. Les multiples traces de Scotch aux quatre coins indiquent le nombre de déménagements que l'icône rock avait subis. De la fenêtre, j'aperçois le café d'en face où Jean sirote une bière. Assis en terrasse, il attend tranquillement la fin de la réparation.

Nous avions fait un deal : il me conduisait jusqu'ici et je lui présentais la personne qui, sans doute aucun, résoudrait son affaire. Maintenant, je devais me dépatouiller pour faire surgir un clone d'Escobar. Mais quel boulon pouvait bien manquer à la mécanique de cet homme pour déceler dans mon mensonge une quelconque solution à son problème ? Jusqu'où la réalité de sa vie pouvait bien l'asphyxier pour être à ce point capable d'inhaler des illusions ? Tout bien réfléchi nous sommes tous sujets à ce genre de divagations. Ma stratégie à moi, dans les moments décisifs, consistait à me diriger en somnambule vers une salle de jeux, guidée par une quelconque superstition. J'ai même annulé mon mariage à la dernière minute, par superstition. Tout au long de la journée, une combinaison de numéros gagnants avait clignoté partout, dans la rue, sur les écrans : des nombres qui composaient les fameuses heures miroirs 10 h 10, 15 h 15, 20 h 20... Selon moi, c'étaient les heures parfaites pour passer les portes du temps. Pas m'installer. Partir. Tout quitter. J'ai appelé mon fiancé pour lui annoncer que je me retirais du jeu. Humilié jusqu'aux os, il a sali ma réputation et personne n'a plus eu envie de me fréquenter. J'étais devenue un cas. C'est la meilleure chose qu'il ait faite pour moi. Je voulais de la place pour mon addiction et rien d'autre.

J'ai presque un élan d'empathie envers Jean, qui, comme moi, fait des petits arrangements pour embellir sa vie. Mais la perspective de l'avoir collé à mes basques vient aussitôt contrebalancer mon sentiment. Je fulmine contre Boogie, toujours barré au mauvais moment, alors que j'ai un grand rôle à lui proposer : jouer Escobar, mystifier Jean. Bon Dieu ! Où pouvait-il encore s'être fourré ? À négocier je ne sais quoi avec je ne sais qui dans je ne sais quelle langue.

— Elle ne passe pas le contrôle technique votre fourgonnette, c'est un vieux tank, mais ça peut le faire, dit le garagiste en s'essuyant les mains sur un torchon qu'il jette aussitôt à terre.

Le type se redresse et prend la pose devant moi. Je n'avais pas remarqué son anneau à l'oreille droite ni sa ressemblance frappante avec son idole de jeunesse. Ces deux-là avaient dû vieillir ensemble.

— ... Elle va où comme ça, la diva ?, dit-il en me scannant de la tête aux pieds.

Qu'est-ce qui m'avait pris de m'habiller en tailleur jaune citron et de me percher sur des hauts talons comme si j'allais à une soirée disco ? Entre ma tenue et mes mèches bleu turquoise, sûr que je devais détonner dans le milieu de la livraison de pâtisseries. N'empêche que son *diva* me tape dans les oreilles, que les odeurs d'essence me tournent légèrement la tête et que sa dégaine de rocker ne me laisse pas indifférente. Si le garage prenait feu, on pourrait vraiment se croire dans un clip du chanteur. Mais celle qui a chaud en ce moment, c'est moi. Je fixe sa bouche et ça me fait l'effet d'un sortilège : en quelques secondes, je me retrouve plaquée contre son corps à lui rouler des pelles d'adolescente empressée, au rythme des pales des éoliennes fois mille et par grand vent. Je bénis l'accident de voiture qui m'a menée jusqu'ici, le bougre embrasse carrément bien et je me sens plus vivante maintenant. Nous aurions pu rester là, à nous bouffer et à nous lécher la gueule jusqu'à arrêter le temps, mais, en glissant contre le mur, je décolle malencontreusement une des affiches du pseudo-punk. Mon garagiste me lâche si brutalement que je manque de tomber.

— Mais t'as pas fait ça ! C'est pas possible, t'as pas fait ça ! C'est une affiche collector de son premier concert que t'as déchirée, j'te signale ! Y en a plus des comme ça !

Il se jette sur l'affiche et passe sa main plusieurs fois dessus pour la lisser, tout en grommelant une série de « Putain, fais chier ». J'en profite pour réajuster mes vêtements et corriger les traces du baiser volé. Le pauvre a tant l'air miné que c'est son visage qu'il me semble avoir froissé. J'ai atterri dans une région où personne n'est normal, ou bien c'est moi ?

C'est un chien à longs poils blancs, sorti de nulle part et poussant de faibles gémissements, qui me tire de mon embarras. L'animal frôle mon mollet avant d'aller se coller à son maître, qui stoppe net son fervent rafistolage pour s'agenouiller auprès du chien. La bête se dégage de son étreinte et vient placer sa gueule dans la paume de ma main, lui faisant subtilement épouser la courbe de son crâne afin de ne rien perdre de ma caresse.

— Lui aussi, il sait se servir. C'est le genre à aller droit au but, comme toi.

— Je ne suis pas comme ça d'habitude. Je traverse une zone de turbulences en ce moment, prétexté-je.

— C'est Jean et les autres qui t'ont bourré la tête ?

— Non, la zone de turbulences était là bien avant de les rencontrer. C'est plutôt à l'intérieur de moi.

Il se roule une cigarette et, entre deux coups de langue sur le papier, me lance :

— Alors dans ce cas, faut pas t'étonner de te retrouver ici, ça déconne sec dans la région.

—Rien ne m'étonne plus. Je ne t'ai même pas demandé ton prénom...

— Billy, dit-il en crachant virilement des ronds de fumée.

— J'aurais dû m'en douter.

— Et toi, diva ?

— Rita.

— Pour Margarita ?

— Non, Rita tout court.

— Comme sainte Rita, la patronne des causes désespérées ?

— Manquerait plus que ça. Il est à toi ce garage ?

— Depuis que j'ai tué mon patron, oui, dit-il l'œil brillant.

J'avais le don de me retrouver avec des types à double personnalité, voire triple, voire quadruple. Autrement dit, j'étais avec personne ou trop de personnes à la fois. Ça aussi, il fallait que ça s'arrête. Je me suis mise à faire mentalement la liste de tout ce qui ne tournait pas rond dans ma vie et qui m'empêchait d'avancer. Déjà, j'allais m'acheter des chaussures à ma taille car je me sentais à l'étroit perchée sur des échasses. Question de bon sens.

— Tu sais comment il a atterri ici ce chien ?

Comme si ça m'intéressait ! Trop tard. J'apprends alors qu'une Suissesse est venue réparer sa voiture et a oublié le chien en partant. Billy et l'animal ont attendu son retour, et ce qui paraissait être un oubli est devenu au fil des heures un abandon, puis, au fil des jours, une adoption.

À force de rassurer l'animal par des tonnes de « C'est pas grave », Billy a remarqué que le chien frétillait de la queue dès qu'il entendait ces mots, si bien qu'ils devinrent son nom d'adoption. Il fallait prononcer « Pagwâv » à l'américaine tout en s'attardant sur l'accent circonflexe, et ça sonnait terriblement bien. Le Billy me demande de répéter après lui :

— Pagwâââv, prononcé–je distinctement.

— Ouais, ça va le faire entre vous, je le sens ! Regarde comme il est mal en point, m'attendrit-il en me désignant l'animal.

Je regarde le phénomène, qui flotte dans son pelage immaculé et se déplace difficilement entre son maître et moi.

— ... Il souffre d'une maladie neuro-dégénérative et ses jours sont comptés. C'est pour ça qu'elle me l'a laissé, la Suissesse ! Tu piges ? Y a plein de gens comme elle qui abandonnent leur clebs sur la route. En tout cas, tu tombes bien, toi !, dit-il d'un ton qui ne me laisse rien présager de bon. Alors, tu peux l'emmener le faire piquer, sainte Rita ? Je vais crever avec lui si c'est moi qui m'y colle. Et t'as l'air d'être une fille qui a du cran, tu ne t'appelles pas Rita pour rien.

Billy s'approche de moi et plante ses ongles sur le dessus de ma main. Je ne lui trouve plus aucun charme et, d'un rapide coup d'œil, j'essaie de repérer autour de moi un quelconque objet de défense au cas où ça tournerait au vinaigre entre nous.

— Tu te trompes, je n'ai pas du tout de courage et, heu, je n'ai pas le temps de faire ça et... Enfin ce n'est pas à moi de...

Je bégaie comme une locomotive. Ça m'apprendra à me jeter dans les bras de n'importe qui, de confondre une rock star avec sa pâle copie et de me faire mon film à moi toute seule. Vraiment, je me déteste. Depuis le début de la journée je ne faisais qu'obéir à mes pulsions, lesquelles m'embarquaient dans un train fou au bord de dérailler.

— ... Mais qu'est-ce que vous avez tous à me prendre pour une croque-mort aujourd'hui ? J'ai une livraison très importante à faire pour quelqu'un de très important, un certain Escobar. Alors, débrouillez-vous, toi, Téo et les autres !, clamé-je en me délivrant de son étreinte.

— Une livraison ? Tu vas livrer des pâtisseries ou le vase d'herbe que j'ai trouvé sous le siège de ta bagnole ?, crie Billy en m'attrapant par la manche.

Un coup de poignard m'aurait fait le même effet. Le souffle me manque pour lui répondre.

— Qu'est-ce que tu as trouvé ?

— Quelque chose que j'ai bien envie de garder à fumer.

Je suis tombée sur un dégénéré qui confond des cendres avec de l'herbe. Je savais que certains avaient tenté l'expérience, comme Keith Richards, qui avait fumé les cendres de son père en guise de calumet de la paix. J'avais effectivement soigneusement caché l'urne sous le siège, le temps de la réparation. Billy me tire par la main jusqu'à mon véhicule et me nargue en faisant balancer les clés devant mes yeux. Tout à coup j'aimerais être ce chien qu'on rassure à coups de mantra canin. Mais la force me reprend :

— Rends-moi l'urne, c'est mon père dedans, pas un vase de beuh, *hijo de puta !*

— On va faire simple. Si tu veux repartir avec ta poudre de papa, faut que tu récupères ton vase et ton vase, je te le rends que si tu emmènes mon chien, scande-t-il dans un sourire carnassier.

La définition de la zone d'incertitude du code de la route me revient lentement : « La zone d'incertitude est l'espace dans lequel un usager est susceptible d'évoluer. Cet espace dépend du type d'usager, de sa capacité d'analyse, de sa position et de sa capacité d'accélération. » Il faut que je trouve les ressources nécessaires pour accélérer le temps. Que ferait mon grand-père Hannibal à ma place ? Et mon arrière-grand-mère la lionne ? Ils planteraient tous les deux leur carabine sous le menton de cet ersatz de Billy Idol, qui me rendrait l'urne en moins de deux, en rampant, léchant l'essence et tout le cambouis de ce putain de garage.

J'invoque les ancêtres qui coulent dans mes veines et toute la faune amazonienne. Je regarde Billy droit dans les yeux, lui ordonne de me rendre immédiatement Boogie, Puma et les autres, avant que nous ne le brûlions sur place et faisions sauter son hangar et tous les posters avec. J'allume mon briquet au-dessus des bidons inflammables, le Billy comprend que je ne rigole plus du tout. Je serai la foudre qui tombe sur le toit et réduit son univers en cendres, s'il ne me rend pas celles de mon père.

Billy fait demi-tour, balance des épaules, claque des doigts comme s'il quittait la scène du Zénith et revient en me tendant l'urne aussi solennellement que pour une cérémonie sacrée.

Deux minutes plus tard, je me retrouve assise au volant de ma fourgonnette orange, prête à repartir, la tête haute, l'urne à mes côtés. C'est de mon père que je tiens qu'il faut toujours avoir un briquet dans sa poche.

Alors que je m'apprête à faire claquer la portière, Pagwâv s'engouffre et pose royalement son derrière sur l'urne. Il me regarde un moment, la langue pendante, comme pour s'assurer de mon adhésion, avant de poser la tête sur mon genou. Je n'ai même pas le pouvoir de le virer, un seul regard de ce chien me tient en laisse. Il est habitué au changement de maître. Et je crois que cette fois, c'est moi qu'il a choisi.

14

Quelques mètres plus loin, je stationne la fourgonnette devant le café et j'observe Jean, toujours attablé en terrasse. À l'étincelle nouvelle dans ses yeux, je comprends que l'alcool l'a bien réchauffé. Sa mâchoire est desserrée, sa colère s'est noyée dans chaque gorgée de mousse. Sûr qu'il se gargarise de sa future rencontre avec cet Escobar qui réglera leur compte aux éoliennes. Qui soignera l'insomnie, la bile noire et la dépression chez les hommes et le bétail, qui purifiera les eaux souterraines, ramènera calme et beauté au paysage, et, pourquoi pas, qui fera de lui une personnalité, un édile de la région. Tiens, il fait signe au barman de lui en remettre une pour fêter ça. En réajustant mon rétroviseur, je vois enfin apparaître le reflet de Boogie. Assis sur la banquette arrière, son regard sombre et accusateur me saisit :

– Tou couches avec des inconnous mainténant ? On est pressés y tou penses qu'à faire des galipettes !

– Je n'ai pas couché avec lui, qu'est-ce que tu racontes ? Et puis, ça va, je fais ce que je veux à mon âge ! Toi, en revanche, tu te volatilises en plein accident, même pas eu peur pour moi !

— Yé suis parti à cause de ces agriculteurs. Ce sont les mêmes qu'au Venezuela.

— Boogie, tu perds totalement les pédales, tu confonds le présent, le passé et les deux continents.

— C'est comme ça quand on commence à quitter la vida, on a les circuits qui s'emmêlent.

— C'est toi qui mets en scène tout ce bordel, je parie. Regarde, maintenant on se retrouve avec un chien !

— Il a pris ma place en plous ! Una hija né laisse pas la place dé su padre à oun chien ! C'est moi qui étais devant. Tou vas garder cé cabot combien dé tiempo mon pétit ?

— Tu es jaloux, Boogie ?

— Tou préfères avoir lé chien ou tou padre près dé toi ?

— Mais c'est pas grave, c'est juste un chien !

Qu'est-ce que je n'ai pas dit... L'animal reconnaît son nom et aboie bruyamment en bavant partout.

— Il est dégoûtant en plous ! Enlève-moi cé chien ou c'est moi qui lé mets dehors. Yé veux reprendre ma place devant, à côté dé toi.

La jalousie. Je savoure ma misérable revanche. À cinq ans, il m'avait présenté la fille d'une mystérieuse amie, toutes deux venues passer le dimanche avec mes parents. Mon père vouait à cette enfant une attention particulière qui m'avait perturbée toute la journée. Je jalousais secrètement sa peau laiteuse et sa chevelure brune et raide, dans laquelle la main de mon père passait sans croiser de nœuds comme dans la mienne. Le soir, après le départ de l'amie et de sa fille, je m'étais assise près de lui très silencieusement pour l'aider à réparer les vieux stylos-plume qu'il revendait aux Puces. De véritables bijoux. Quand je lui ai demandé qui était la petite fille aux cheveux raides et à la peau blanche, il a quitté la pièce sans me répondre, mais en me recommandant de ne surtout pas toucher à la plume du stylo, au risque de me blesser. Évidemment, c'est ce que je fis aussitôt. Une fois revenu, il parut confus à la vue de mon doigt où perlait une goutte écarlate. C'est ainsi que j'eus la certitude que l'enfant était ma sœur de sang.

— Ce n'est pas si grave de se faire voler sa place par un animal, Boogie ?

— Oun chien n'a rien à faire devant. Et tou vois bien qué lé gars, en face, nous régarde.

— Exact. Inutile de te préciser que tu vas devoir te faire passer pour Escobar. Tu as tout suivi de loin, je suppose ? Tu connais ton rôle ?

Je crois déceler dans ses yeux une pointe d'excitation. Il a tout compris. Très dignement, Boogie sort de la voiture et se présente à Jean. Si l'agriculteur avait porté un chapeau, il l'aurait ôté pour saluer son héros : Pablo Escobar. Ça dure des plombes, pendant lesquelles Pagwâv et moi attendons sottement dans la fourgonnette. Boogie et Jean prennent le temps de se descendre trois panachés jusqu'à ce que le soleil descende sur la petite place. De là où je me trouve, Jean, qui n'a pourtant pas l'air du genre causant, mime son combat contre les éoliennes et cherche l'approbation de Boogie. Il peut toujours essayer, je sais que mon père ne savoure pas tant les paroles de Jean que ses dernières gorgées de bière sur Terre. Pour s'en convaincre, il suffit de le regarder tourner son visage vers le ciel, entrouvrir les lèvres et plisser les yeux comme on le fait, en bord de mer, pour boire le vent.

Jean se lève en deux temps, puis se dirige en titubant à l'intérieur du bistro. Boogie en profite pour se dresser comme un point d'exclamation et cavaler vers la fourgonnette pour s'installer à l'arrière.

– Fonce, Rita ! Sinon on né va jamais en finir, il va pisser todo l'Amazonie !

Je démarre en trombe et commence à trouver la mascarade terriblement amusante. J'avais vu assez de scènes de cinéma où le héros, pour semer l'ennemi, projette la tête en arrière sous l'effet d'un bon coup d'accélérateur. Bon débarras. La folie dangereuse tapie au fond des yeux de Jean m'inquiétait depuis le début. Sans compter qu'il m'avait attendue une heure trente en sirotant des bières au soleil, et qu'il venait d'en descendre beaucoup d'autres avec Boogie. Un coup d'œil dans le rétro et je l'aperçois déjà perché dans sa cabine agricole, hurlant par-dessus bord :

– Hé ! Escobar ! Tu m'as pris pour un *aouindu ?*

Un *aouindu*. Par chance, je savais ce que c'était. C'est un type qui ne va pas au bout de sa pensée, pas au bout de ses phrases, pas au bout de sa route. Il se trompera de chemin, même si vous avez pris le temps de tout lui expliquer lentement, par les mots et par les gestes. L'*aouindu* se perd à vous dévisager, pas à vous écouter. Mais attention, il n'a peur de rien, et surtout pas des éléments déchaînés de la nature. Il a moyennement le sens des réalités, ce qui lui permet d'avancer sans peur, et même, souvent, de s'en sortir. Qu'il neige qu'il vente qu'il tonne, il continue son chemin sans jurer et sans s'en prendre au ciel. Il répète à tout bout de champ « On verra bien », en haussant les épaules. Il y a des *aouindus* lunaires et d'autres constamment en colère. La filiation directe de Jean avec ces derniers aurait sauté aux yeux de n'importe qui.

Son tracteur nous colle au train et, là, Boogie s'accroche à la poignée de maintien de la fourgonnette en marmonnant des « *Puta madre* » accompagnés de signes de croix. Seul Pagwâv semble apprécier la course-poursuite. Ce chien avait à coup sûr une sacrée expérience des longs trajets aux côtés de son ancienne maîtresse. Je l'imagine mener la grande vie, escapades au lac Léman, flirts canins et soirées au coin du feu. Une vie bourgeoise et bohème, avant de se retrouver enfermé dans les *backstages* du garage de Billy à sniffer de l'essence.

Plus rien ne me retient d'appuyer plus fort et encore plus fort sur l'accélérateur. On atteint les soixante-dix kilomètres-heure à la sortie du village. Et pourtant, je ne parviens toujours pas à semer le tracteur de Jean. Nous filons droit vers un sous-bois, le premier que je vois dans le coin. Je ne peux plus ralentir, le tracteur est sur le point de nous emboutir.

— Papa ! Fais quelque chose, si tu as vraiment du pouvoir c'est le moment de nous le prouver !

J'avais dit « Papa ». Pour la première fois depuis nos retrouvailles, c'est-à-dire depuis treize ans. Boogie, apparemment, s'en régale et esquisse un sourire énigmatique :

— Débrouillé-toi.

Le salaud. Le bâtard. Nous étions sur le point de nous enquiller un arbre devant, un tracteur derrière, et il ne faisait rien. En deux secondes, je parviens à maîtriser le véhicule avec l'assurance d'une conductrice chevronnée.

Personne n'aurait pu imaginer ça. Pagwâv m'encourage en se dressant sur ses quatre pattes. J'ai une bouffée d'adoration pour ce chien reconnaissant. L'accalmie ne dure pas. J'ai à peine le temps d'expirer trois fois, que le tracteur de Jean parvient à notre hauteur, me forçant à me rabattre sur la droite.

Les bruits de la forêt me parviennent sourdement, une feuille de velours s'est glissée contre mes tympans et ma vue se trouble de ténues taches noires de diamètre similaire. Tous mes sens se ferment face au danger imminent.

Je perçois Pagwâv qui se rassied en jappant bizarrement. Je discerne une présence, je tourne la tête. Jean est debout dans sa cabine, un fusil de chasse pointé dans notre direction. Ou, plus précisément, vers l'arrière de la fourgonnette : il vise Boogie. Jean paraît hors de lui, ses deux narines s'ouvrent et se referment comme les portes battantes d'un saloon.

— Alors Escobar, t'as voulu me planter ? Dis-le qu'elles sont à toi toutes ces terres ! Dis-le que t'as accepté leur fric pour leurs putains d'éoliennes ! Retourne dans ton pays, Escobar !

Je suis sidérée de voir à quel point la situation fait écho à l'histoire de mon grand-père. Nous ne sommes pas au Venezuela, Jean n'est pas un narcotrafiquant et Boogie n'est pas Hannibal, mais nous revivons la même scène. On se repasse le même disque. Tout ça ne me concerne pas, je ne veux pas perdre la vie et, pour être honnête, je préfère que Jean tire sur mon père puisque, selon toute logique, il est déjà mort.

— Boogie, c'est le moment ou jamais. Si tu as un pouvoir, fais quelque chose sinon on va tous crever !

— Acuerdo Rita. Yé vais accélérer sa flèche muy rapido, por toda la vida. Né m'en veux pas, Rita.

Jean somme mon père de le regarder droit dans les yeux. Tous les muscles de son corps sont tendus vers la gâchette. Il va tirer. Je suis à la lisière de la fin d'un monde, je me cache le visage dans les mains, je crois encore au miracle. Qu'une éclipse nous plonge dans le noir ou qu'un objet extraterrestre s'abatte sur lui. Mais rien n'empêche la balle de partir. Une détonation. Suivie d'un écho colossal dans la forêt. Le moteur du tracteur qui s'éloigne, suivi des cris de victoire de Jean. Les paumes appuyées contre mes yeux, je fixe l'obscurité terrifiante à l'intérieur de moi. Un gémissement de douleur brise le silence. J'écarte lentement les doigts et découvre Pagwâv gisant sur le siège, le pelage maculé de sang, qui me regarde de ses grands yeux tendres et supplicateurs. Cet animal avait eu sa place sur le chariot de ma vie pour quelques heures, mais il l'avait bien prise. « Je vais accélérer sa flèche, ne m'en veux pas, Rita. » Boogie avait détourné la balle sur l'animal.

Je ferme les paupières de Pagwâv et, au même instant, je ressens que quelque chose se décroche de moi pour partir avec lui. Sans un mot, Boogie m'aide à transporter le corps de la bête dans le cœur de la forêt. Nous recouvrons Pagwâv de feuilles et de branchages, je prends le temps de lui murmurer qu'il est plus digne de finir ainsi que piqué chez le véto, qu'il a été une étoile pour tous ses maîtres, la Suissesse, Billy et moi. Qu'il pouvait monter bien haut sans trop traîner. Boogie se tient à l'écart, surveillant les alentours. J'ai surtout le sentiment qu'il évite de croiser mon regard. Le moment est peut-être malvenu, pourtant je recherche sur mon portable la race de Pagwâv et trouve un article sur le « braque Dupuy ».

Il y est décrit comme un chien « grand, élégant et noble, d'une suprême distinction, avec un mélange de souplesse et de force ». Il a cinq étoiles sur cinq à la mention *Aime les enfants,* ainsi qu'à *Affectueux, Calme, Joueur,* trois étoiles à *Peut rester seul, Baveux,* et seulement une étoile à *Protecteur*. La forêt pour témoin, je promets à voix haute de faire corriger cette dernière mention pour hisser sa note à cinq étoiles. Puis je me rue sur mon père comme si j'avais des cornes :

— Pourquoi tu as tué Pagwâv ? Parce qu'il a pris ta place ? Est-ce qu'un jour, je saurai vraiment qui tu es ? C'est Carlos qui t'as appris ces manières ? Espèce de sale narco, je te hais !

Je frappe de mes poings serrés sur son torse, à m'en épuiser. Il reste impassible. Je n'arrive même pas à le faire chanceler. Il est ancré au sol et me fait le coup du regard au-dessus de la tête, comme avec les flics. Quand les forces me quittent, je regagne la fourgonnette, essoufflée comme Rocky Marciano au dernier round. J'abdique.

J'entends ses pas derrière moi, tout près de me dépasser. D'un bond, Boogie s'installe d'autorité au volant sans me laisser la possibilité de protester. Je suis tellement vidée que je me laisse choir sur le siège passager, lui abandonnant les commandes pour la suite de notre voyage. La route se déroule sous nos phares et je n'y vois que des ténèbres profondes qui obombrent tout autre chemin. Bercée par le moteur, je laisse peu à peu retomber ma tête sur l'épaule de Boogie, puis glisse lentement hors du temps.

15

Je tombe très lentement dans un puits en serrant la main d'Alice. Le moteur ronronne au loin. La chute est si lente que j'ai le temps d'observer le panorama à trois cent soixante degrés. Sur les parois, toutes tes peintures : des plans de villes quadrillées, des ponts infinis qui enjambent un fleuve entortillé sur lui-même, des femmes aux seins lourds et tendus, aux têtes de méduse.

Dans ma descente le long du boyau du puits, je croise quelques objets qui flottent, des stylos-plume, des tubes de peinture, des cadres vides. Je rassure Alice, lui dis que nous sommes entrées dans la mythologie de ton monde et qu'il nous faut absolument le traverser pour arriver à destination. « Où est-ce ? » m'interroge-t-elle. Je lui réponds que je l'ignore, mais qu'elle doit avoir confiance en toi, que tu sais parfaitement où ce voyage nous mènera. « Tu le connais depuis longtemps ? » me demande-t-elle. Je lui explique que nous nous sommes perdus de vue pendant vingt années, mais qu'au bout du compte, nous nous sommes retrouvés. Elle écarquille ses grands yeux purs et s'exclame : « Deux fois dix ! C'est beaucoup ! », « Pour qui ? » rétorqué-je. « Pour lui. Heu, pour toi, je veux dire » murmure-t-elle. « Au contraire, Alice, cette absence m'a donné un superpouvoir. »

Alice lève les yeux au ciel, dit qu'elle ne me croit pas du tout et que je trouve sans cesse des excuses pour ne pas pleurer. Je la déteste, je lui dis que je vais lui lâcher la main et la projeter dans tes tableaux, qu'elle se fera dévorer par les animaux à tête d'humain ou étranglée par les tentacules des méduses. Alice sanglote terriblement et, entre deux hoquets, me crache que je finirai par me noyer dans ses larmes et qu'on ne pourra plus jamais sortir du terrier. Je la maudis, je voudrais lui donner une énorme raclée, mais, impossible, elle se blottit contre moi, me dit que nous allons retrouver la clé et qu'il n'y aura bientôt plus assez de place dans cet endroit pour grandir davantage. Je lui rappelle que je suis déjà une dame et que je ne grandirai plus, elle hausse les épaules en soufflant du chaud dans mon cou, me supplie de la serrer plus fort à cause de son mal des transports et de sa peur du vide.

Nous continuons à chuter lentement, traversant des galeries sombres. Je reconnais tes couleurs. Le noir et le blanc de tes tableaux et le rouge sang qui y coule. Tout est calligraphie, même les formes géométriques. Nous sommes dans l'architecture de ton cortex, tout me paraît familier. Les objets sont ceux que j'ai vus dans mon enfance. Nous dévalons les circuits électriques de ton drôle de cerveau. Des lettres apparaissent, chacune accompagnée d'un son cristallin. J'annonce fièrement à Alice que nous sommes dans l'aire de Wernicke, que c'est ici que se joue la reconnaissance des mots, avant de les interpréter correctement. J'entends des qualités de silences différents. Des silences épais, comme si les mots qui s'y élaboraient pesaient déjà de leur poids futur, et d'autres, plus légers.

De l'unique point de lumière, tout en haut, une voix d'homme crie mon prénom. Le visage d'Alice émerge, tout mouillé, du creux de mon cou. Elle plante ses yeux dans les miens, me demande si je me sens prête à remonter toute seule parce que, tout bien réfléchi, le moment est parfait pour nous séparer et qu'elle préfère rester ici. Sans attendre la réponse, elle se dégage de mon étreinte et, d'un grand coup de tête, se laisse choir en arrière avant de disparaître complètement au fond du puits.

Je n'ai plus le choix, il ne me reste qu'à remonter vers l'ouverture en donnant des petits à-coups d'orteils pour éviter, comme le plongeur, tout accident de décompression. Alice n'est plus.

16

– Rita, réveille-toi ! On est arrivés, m'annonce Boogie en stoppant le moteur.

Des fourmillements grouillent encore dans ma main, est-ce d'avoir serré si fort ce souvenir d'enfance ? À notre droite, un muret sépare la route d'une modeste maison en briques peintes en blanc. Des tas de vieux meubles, bibelots et ferrailles sont éparpillés dans la cour parmi des herbes hautes surgissant d'entre les cailloux. J'aperçois un rideau bouger à l'une des fenêtres du rez-de-chaussée. Pour sûr, nous sommes repérés. Quelques secondes plus tard, la porte d'entrée s'ouvre, et une petite femme apparaît sur le perron. Sa main en visière sur les yeux, elle descend les marches d'un pas ferme. Arrivée en bas, elle flanque un grand coup de pied dans une bassine en fer qui lui barrait la route. Malgré son âge avancé, la femme en a visiblement encore sous la semelle. Ses traits asiatiques, sa silhouette petite et menue lui donnent l'apparence d'une poupée de cire. Sa chevelure noire parsemée de régions blanchies laisse deviner des expériences de teinture plus ou moins abouties, comme son jardin. La clope au bec, elle ouvre le portail et nous fait signe d'entrer.

— Je vous attendais. Corto m'a prévenue de votre visite. Il ne peut rien garder pour lui, celui-là ! Remarque, pour une fois qu'il se passe quelque chose dans son bar périmé ! Allez, entre ton Boeing, ça aplatira les herbes. Elles poussent de tous les côtés, si ça continue elles vont grimper sur les murs de la baraque, ça la dézinguera encore plus vite. Avec tout ce bordel que mon mari m'a laissé, je sais plus quoi faire. Entrez, entrez, et aplatissez-moi tout ça.

La dame est du genre à mitrailler cent mots à la seconde. Vu le nombre de coups de pied qu'elle donne dans les objets pour frayer un passage à notre fourgonnette, je comprends tout de suite qu'elle ne rechignera pas à me donner mon héritage : la nappe-tableau. Sa priorité semble être de faire le vide. Il y a de tout : des chaises à rempailler, des restes de paravents en fer forgé, des statues aux mains et à la tête coupées, des étagères métalliques, des casseroles en laiton, des roues de vélo, des fragments de céramique, des tambours de machine à laver... La femme ouvre la portière de Boogie et l'invite à sortir :

— Allez viens, toi, je te l'ai mis de côté ton graal.

Dix minutes plus tard, avec un café et une brioche dans l'estomac — que mon père a refusés, préparant visiblement sa diète éternelle —, je me retrouve dans le salon de Dame Nguyen, « Minh Lotus » de son prénom. Cette étrange femme connaît la Terre entière. Veuve depuis peu, elle a pris la ferme décision de se débarrasser de toute la collection de son mari. Mon regard se balade sur les cartons entassés, les boîtes en fer empilées sur la table basse, l'arsenal de vieilles cafetières et théières. Dame Minh Lotus nous explique que son mari s'était pris d'amour pour tous les vide-greniers du pays et que leur maison était devenue, au fil des années, la SPA des souvenirs sans propriétaires. Maintenant, le moment était venu pour elle de tout vider et de partir sur les routes avec son van et rien d'autre. Un vieux rêve.

Un mannequin en plastique attire mon attention. Tout son corps est parcouru de lignes noires reliant une multitude de méridiens entre eux, telle une carte du monde tatouée. Dame Nguyen, relevant mon intérêt, précise qu'il s'agit du tracé des routes énergétiques traversantes, son œuvre d'acupunctrice de toute une vie. Le regard transperçant de la femme se pose sur moi. Je l'affronte quelques secondes, tout en elle est singulier, sa manière de bouger dans l'espace en zigzaguant, sa voix acérée comme un sabre. Être observée par cette femme revient à se regarder dans un miroir grossissant : les problèmes lui sautent aux yeux. C'est l'âme qu'elle voit.

— Donne-moi ton pouls, ma grande. Je vais t'écouter.

Ses deux doigts sur mon poignet, elle se tourne silencieusement vers Boogie, qu'elle fixe intensément.

— ... Ma grande, tu es fatiguée, ton sommeil n'est pas bon. Il faut que ça circule, tout est coincé, là, martèle-t-elle en me donnant une tape en travers du ventre. Je vais aller vous chercher le tableau, et après, vous filez dormir direct. Une bonne nuit ici et, demain, du balai, toi et ton père ! Je ne veux plus jamais vous revoir. Enfin, surtout lui. Il faut que tu le laisses en paix maintenant. Et pareil pour lui !

Impossible de contester, cette femme est plus forte que l'armée la plus puissante du monde. Quand elle réapparaît avec un tableau plus haut qu'elle, je ne peux m'empêcher de sourire. Minh Lotus le dépose aux pieds de mon père qui arrache aussitôt le drap blanc qui le recouvre. Je me promets intérieurement de ne regarder que mon père, pas le portrait. Je redoute de faire face à Mastroianni, Deneuve et leur fille. Je crains leur Trinité flamboyante. Je ne veux plus de ce bout de nappe, d'ailleurs l'ai-je une seule seconde désiré ? Ce que je vois de lui m'est alors étranger. Son regard n'est pas attiré par la globalité du dessin, seul un détail retient son attention. D'un pas vif il recule, extrait de sa poche un morceau de fusain et, d'un geste précis, dessine une courbe avant de me faire signe d'approcher. D'abord, ce n'est pas un tableau, c'est une nappe en papier dont seul le pourtour est enchâssé dans un vieux cadre baroque. Impossible de reconnaître le couple d'acteurs et leur fille. Je vois les contours flous de trois visages fragmentés, reliés les uns aux autres par des lignes aux couleurs vives. Ils ont tous les trois le même regard au milieu du front, trois formes géométriques reliées entre elles par une courbe exécutée au trait plus gras et plus brillant que les autres. En bas du dessin, trois signatures bien distinctes : celles du couple et celle de mon père qui, à l'époque, signait sous le nom de Puma. Minh Lotus râle derrière le châssis qu'elle retient comme un paravent prêt à s'effondrer sur elle.

— Vous allez rester là comme deux ronds de flan ? Je vous montre la face B... Beaucoup plus vibrante !

Minh Lotus retourne la toile comme un toréador sa cape rouge. Tout le dos du portrait est recouvert d'une multitude de dates et d'heures. On croirait un panneau d'affichage dans un hall d'aéroport, devant les portes d'embarquement. Des chiffres à n'en plus finir, des équations impossibles à résoudre explosent de toutes parts comme un feu d'artifice. Des combinaisons gagnantes, des combinaisons perdantes, rayées. Je suis au bord de m'évanouir devant ce champ des possibles et Minh Lotus choisit de s'éclipser :

— Encore plus sinueux que les méridiens ! Faut que je m'occupe de mon phô au bœuf, mes petits. Tenez-moi ça !

Elle nous balance le tableau sans ménagement et file dans sa cuisine en slalomant entre cartons et débris d'objets.

Pendant le dîner, j'intercepte entre deux grandes lampées de soupe le regard perçant de Minh Lotus sur Boogie. Mon père, lui, ne me quitte plus des yeux. C'est alors qu'il m'interroge sur des opérations de calcul mental exubérantes, auxquelles je ne trouve aucune bonne réponse. Passé la table de multiplication de 7, les mathématiques dépassent les frontières de ma logique. Minh Lotus se prête au jeu. Très maline, elle livre ses réponses en couleurs. Leur jeu mental fuse au-dessus de la vapeur des bols de soupe brûlante, si bien que je crois y voir naître un monde nouveau.

— Synesthésie !, hurle Minh Lotus survoltée, ses yeux fiévreux braqués sur moi. Un chiffre, un mot, une couleur, ça donne 7 x 27 : violet, *la* mineur, un méridien — celui de la rate —, tu piges Rita ?

Après d'incalculables devinettes et équations qui titillent des zones inexplorées de mon cerveau, je m'abandonne simplement à goûter les mots, entendre les couleurs et voir des sons. J'ai la conviction d'être arrivée à l'endroit que je recherchais depuis longtemps. De renaître au monde, différemment.

— Synesthète tu seras, mi hija !, me sacre le padre.

Il me colle sous les yeux la face B du portrait et une combinaison de chiffres apparaît, avant de se transformer en couleurs, formes et sons. C'est alors que, très progressivement, au contact de la lumière, se révèle le sublime portrait de mes parents et moi. Assise sur les genoux de ma mère, la tête haute et le sourire plein de trous, je serre fort le bras de mon père. J'ai environ quatre ans, je fixe l'objectif insolemment comme si j'avais prévu que, des décennies plus tard, j'allais me retrouver. Plus je regarde les chiffres, plus ils vibrent dans des mélodies folles où se joue le récital de toutes nos années englouties dans le temple de l'enfance.

17

Les premières lueurs de l'aurore éclairent le désordre du séjour de Dame Nguyen, comme après une fête. Un léger ronflement s'échappe du fond du couloir. Comme toutes les veuves du monde, Minh Lotus dort la porte de sa chambre ouverte, histoire de veiller sur son temple. Un rapide coup d'œil par la fenêtre et je découvre Boogie, déjà installé dans la fourgonnette, prêt à partir. Il m'intime de me dépêcher en balançant, devant la vitre, sa montre à gousset chinée aux Puces. Je sais parfaitement qu'elle ne marche plus, mais je fais mine d'être surprise par le temps écoulé et je m'active pour le rejoindre, sans faire de bruit pour ne pas réveiller la maîtresse de maison.

La mission du jour est maintenant toute droite : emmener Boogie aux portes de son royaume. Une pluie fine inaugure la matinée et fait danser mes essuie-glaces, qui strient la nationale déjà grouillante de véhicules. La route n'est plus ce qu'elle était. Bordée de chiffres bleus, saturée d'odeurs-formes rassurantes qui nappent le bas-côté, nous roulons en mettant l'univers au pas.

Je pense à la lave stockée au fond de la Terre qui remonte à la surface comme mon sang sous ma peau, aux plaques tectoniques qui se déplacent de quelques millimètres par an, combien de temps a-t-il fallu pour que l'Afrique et l'Amérique du Sud s'arrachent l'une à l'autre ? Pour que l'océan crève et fragmente la Pangée ? Faune et flore semblables de chaque côté. Un détail dans l'ADN de notre histoire. Tout s'est finalement passé comme si nous rassemblions les morceaux éloignés d'un puzzle, l'enfance de l'un complétant celle de l'autre. Il fallait bien un enlèvement pour tracer la ligne de jonction invisible entre nos deux continents. C'est tombé sur cette route sacrée de la Beauce.

Une joie inaltérable s'installe en moi, puisant sa force dans la sève d'un arbre que nous venions de planter. Je pourrais dresser des drapeaux, des stèles et des totems au bord de ma route, non pas pour indiquer les accidents mais les révélations. Pour tous les conducteurs qui tracent leur route en laissant le passé taper contre le rétroviseur, pour les voyageurs qui se découvrent en avançant. Je ne cherche plus à connaître l'identité de ses ravisseurs ni la vérité sur son passé de révolutionnaire, je ne cherche plus rien de visible. Je ne saurai jamais qui, du bonimenteur, de l'artiste, du paranoïaque, du fou, était vraiment mon père.

18

Nous approchons du cimetière. Boogie pose sa main sur la mienne, me dit de ne pas stresser, que partir n'est pas si compliqué, que l'un et l'autre avons pris le temps de nous laisser pousser des ailes. Dorénavant, il nous suffira de les déployer pour nous évader. Qu'il faut toujours compter sur l'altitude, aller loin sans trop regarder vers le sol, pour éviter le vertige. Il évoque les oiseaux des Caraïbes, les colibris et les perroquets qui sillonnent le ciel de Caracas. Son préféré s'appelle l'ara ararauna, en raison de son plumage bleu et jaune. Il me dit que cet oiseau fait son nid tout en haut des arbres de la ville, au-dessus de l'agitation. Que trouver un arbre assez haut pour y faire son nid est la quête fondamentale de l'existence. Que la question et la réponse sont entrelacées dans un seul nid fait de matériaux comme la mousse, les brindilles et même le fer, si l'oiseau ne trouve rien d'autre.

Boogie m'abreuve de paroles tandis que je roule au ralenti, pressentant qu'il a encore à dire. Il doit absolument m'enseigner que le plus populaire des aras dispose d'une grande facilité de reproduction, et que c'est en lui qu'il désire se réincarner, le temps du passage dans l'autre vie. Qu'il est prêt à mettre son nouveau *ploumage*. Je me dis qu'il a été le perroquet de ma vie, par sa faculté d'enchantement et d'enfantement. L'un n'allant pas sans l'autre. Toute ma vie je m'étais demandé si mon père avait réellement existé ou si c'était moi qui l'avais inventé. Il en va ainsi des arbres solitaires qui ont poussé en retrait des forêts.

— Mon pétit, il faut savoir s'adapter et tout transformer, yé té laisse una plume au fond du nid.

Ce furent ses derniers mots. Boogie de chair et d'os s'est volatilisé sans un au revoir, restituant l'urne immobile et froide coincée entre le dossier et la ceinture de sécurité. Je ne pouvais pas croire en cet objet. Comme dans tout contenant, le vide y était infini et je ne pouvais pas mesurer ce vide.

Je n'ai pas eu le temps de sentir la douleur. Pas eu le temps d'organiser mes adieux. C'est sans doute ce qu'il a toujours voulu. Je savais maintenant que j'avais choisi ce père depuis le début et que personne ne me l'avait dérobé.

À l'entrée du cimetière, un homme en costume blanc m'attend. Sa silhouette longiligne m'est familière. Je n'avais jamais vu Saadi ailleurs que dans son bar. Je m'arrête à sa hauteur tandis que ses yeux, cerclés de khôl, me guettent. C'est mon gardien du temps. Je lui rends sa fourgonnette pleine de boue et de réparations secrètes, je compte sur sa myopie pour n'y rien voir. D'un signe de la main, il me signifie de me garer un peu plus loin.

Saadi me raconte que tous les invités aux obsèques de Boogie ont squatté ma rue pour guetter mon retour, hier soir, puis ont atterri dans son bar. Qu'il les a écoutés parler de moi. Que j'en ai pris pour mon grade. Que c'est toujours plus facile de s'en prendre aux vivants. Ils ont voté à l'unanimité d'appeler la police pour « enlèvement et séquestration de cendres », puis, au bout de plusieurs rhums et de whiskys, Saadi a réussi à les faire changer d'avis. Le pot d'enterrement a viré à la fête jusqu'à 2 heures du matin. La voie était maintenant dégagée, je pouvais déposer l'urne dans le casier, il me ramènerait après. Je le remercie pour les pâtisseries, pour ce premier rôle en tant que Nour, ex-femme de sa vie, pour ses clés. Il m'a offert l'opportunité d'avancer.

Je marche sur l'allée centrale, bordée de platanes et de chênes, une voie royale. Le calme de cet endroit est saisissant. Pas un silence de mort, un silence de paix que seul le craquement de mes pas vient rompre. C'est comme si je posais mes pieds sur une autre planète où tout était à sa juste place. Le souvenir d'un cours de mathématiques me revient, où je demandais à mon professeur pourquoi il était certain qu'un et un font deux, et si l'ordre du monde s'en trouverait déséquilibré si on remplaçait cette vérité par une autre. Il m'avait répondu que ça dépendait de la manière dont on délimitait les choses, mais que les mathématiques étaient l'exactitude la plus gracieuse de l'univers, que je ne pouvais remettre en cause le principe même de la vie et des molécules. Il m'avait glorieusement flanqué un zéro en arguant : « Ce n'est pas contre vous, c'est pour la beauté du nombre : zéro, à l'infini. Vous vous souviendrez à jamais de ce moment-là. Je ne vous mets pas une mauvaise note, je vous offre les chances de tout recommencer à zéro, à chaque fois. Croyez-moi, si tous les pays effaçaient leurs dettes et repartaient de zéro, nous garderions un meilleur équilibre. Souvenez-vous-en. »

Aujourd'hui, son zéro à l'infini résonne dans la plénitude de cette allée et j'arrive au bout d'un décompte.

Soudain, les pneus d'une voiture crissent bruyamment derrière moi. Je bondis sur le trottoir de l'allée pour me mettre à l'abri. Simultanément, une masse colorée volante me frôle les cheveux en poussant des cris aigus. Je me protège la tête des deux mains. Je ne sais plus qui, de la voiture ou de l'oiseau, me provoque et me contraint à stopper ma route.

Une majestueuse perruche vole en cercle autour de moi. Une portière claque. Je serre fort l'urne tout contre ma poitrine. Au cas où on me l'arracherait des mains encore une fois. Si jamais les deux silhouettes encagoulées revenaient.

Je me retourne et vois Saadi émietter ses pâtisseries, ensemençant le sol dans de grands gestes chorégraphiés. Une nuée de perruches crève aussitôt le ciel et s'abat sur les miettes. Vertes, jaunes, bleues, les plumes embrasent le sol en un tapis multicolore. J'ouvre le couvercle de l'urne et verse les cendres au centre du divin banquet.

De fines particules de Boogie s'éparpillent sur le sol et sur le plumage des perruches, dont certaines se débarrassent d'un rapide coup d'aile, si bien que cendres, sable et sucre se confondent dans un même vortex.

Je regarde les oiseaux se régaler et se disputer les miettes, chacun prenant naïvement une part de Boogie, et je me délecte de le voir se faire dévorer par ceux qu'il avait aimés depuis l'enfance.

Mon père s'en va comme il a vécu, dans un tourbillon d'absurdités, de cruauté et de beauté.

L'autrice remercie tout particulièrement
Barbara Steiner, Vincent Ravalec,
les petites fenêtres de Mille Sabords,
Mymy et Audrey Siourd.

DÉJÀ PARUS AUX ÉDITIONS VELVET

Dans la même collection

Le Bernard-l'ermite dans l'aquarium, Corinne Dupuy, 2020

L'Entreprise de l'angoisse, l'aventure dont vous êtes responsable, Ray Clid, 2020

La Voix du Moloch, Sandrine-Malika Charlemagne, 2020

Ventre-Creux, Julie Mouchel, 2021

Un homme comme moi, Nicole Sigal, 2021

On rira bien de nous, Régis Duffour, 2022

Dans la collection Les Petites Conversations

Et toi, t'en penses quoi ?, Ray Clid, 2018

Sérieux, t'en penses quoi ?, Ray Clid, 2019

Minima City contre-attaque, Ray Clid, 2021

Dans la collection Annie

Va, rêve et reviens, Chiara Arsego, 2019

Dans la collection Essais littéraires

Là où les patients m'emmènent, Georges Lewkowicz, photographies de Dominique Détune, 2019

Le Joueur et sa passion, Michel Steiner, Daniel Berkowicz, Guy Dana, Patrick Djian, Georges Lewkowicz, peintures de Catherine Jaeg, dessins de Jean-Luc Teillac, 2019

Catalogue détaillé
et lettre d'informations sur
www.editionsvelvet.com

éditions velvet

Ce livre a été imprimé en France par SEPEC Numérique (01 Ain)
en avril 2022 sur du papier issu de forêt gérées durablement.
N° d'impression : N22057220201

IMPRIM'VERT®

PEFC 10-31-3532